LETTRES JAPONAISES
série dirigée par Rose-Marie Makino

LA MER

DU MÊME AUTEUR CHEZ ACTES SUD

LA PISCINE, 1995.
LES ABEILLES, 1995.
LA GROSSESSE, 1997.
LA PISCINE / LES ABEILLES / LA GROSSESSE, Babel n° 351, 1998.
LE RÉFECTOIRE UN SOIR ET UNE PISCINE SOUS LA PLUIE suivi de *UN THÉ QUI NE REFROIDIT PAS*, 1998.
L'ANNULAIRE, 1999 ; Babel n° 442, 2000.
HÔTEL IRIS, 2000 ; Babel n° 531, 2002.
PARFUM DE GLACE, 2002 ; Babel n° 643, 2004.
UNE PARFAITE CHAMBRE DE MALADE suivi de *LA DÉSAGRÉGATION DU PAPILLON*, 2003 ; Babel n° 704, 2005.
LE MUSÉE DU SILENCE, 2003 ; Babel n° 680, 2005.
LA PETITE PIÈCE HEXAGONALE, 2004 ; Babel n° 800, 2007.
TRISTES REVANCHES, 2004 ; Babel n° 919, 2008.
AMOURS EN MARGE, 2005 ; Babel n° 946, 2009.
LA FORMULE PRÉFÉRÉE DU PROFESSEUR, 2005 ; Babel n° 860, 2008.
LA BÉNÉDICTION INATTENDUE, 2007.
LES PAUPIÈRES, 2007.
LA MARCHE DE MINA, 2008.

Titre original :
海
Umi
Editeur original :
Shinchosha, Tokyo
© Yoko Ogawa, 2006
représentée par le Japan Foreign-Rights Centre

© ACTES SUD, 2009
pour la traduction française
ISBN 978-2-7427-8178-2

© LEMÉAC ÉDITEUR, 2009,
pour la publication en langue française au Canada
ISBN 978-2-7609-2908-1

YOKO OGAWA

LA MER

nouvelles traduites du japonais
par Rose-Marie Makino

ACTES SUD / LEMÉAC

LA MER

La maison familiale d'Izumi était bien plus éloignée de l'aéroport que je ne le pensais. Après avoir été ballottés pendant plus d'une heure dans un autocar limousine, nous avons dû changer pour un autobus local, elle se trouvait un peu plus loin après que le bus eut longé, à la lenteur d'un escargot, une digue, des rizières puis une garnison des forces d'autodéfense.

C'était notre première excursion à deux avec l'intention de passer une nuit à l'extérieur, mais malheureusement, on ne peut pas dire que ce fut un voyage romantique. En cours de route, elle a été victime du mal des transports et je n'ai pas cessé de lui frotter le dos, à tel point que ma main droite en était tout engourdie. A la fin, n'en pouvant plus, nous sommes descendus trois arrêts avant celui qui était prévu, et nous avons marché tous les deux sur la départementale en nous reposant de temps en temps.

Son visage était livide, elle ne parlait pas, et son dos paraissait encore plus petit que d'habitude. A tel point que je me suis demandé si je ne l'avais pas usé à force de le frotter.

Sur notre gauche serpentait une rivière envahie par les roseaux, dont le niveau était bas, tandis que sur notre droite s'échelonnaient des collines couvertes de ce qui ressemblait à des vergers. Après le départ de l'autobus qui nous avait déposés, il ne passa plus de temps à autre que des petites camionnettes revenant des champs, il n'y avait pratiquement aucun autre véhicule, pas d'autres personnes qui marchaient.

Et le soir était là qui approchait.

Est-ce parce qu'elle était inquiète du retard sur l'heure prévue ? La famille d'Izumi était sortie attendre dehors près du portail. Ses parents, sa grand-mère de quatre-vingt-dix ans, son petit cadet (il avait dix ans de moins qu'elle et elle l'appelait toujours ainsi), ils étaient quatre. Même de loin, on sentait bien qu'ils étaient sur le qui-vive. La première à nous découvrir fut sa grand-mère qui devait pourtant avoir les moins bons yeux. Sans prendre garde à ses manches qui tombaient, elle a tendu les bras au maximum, a plié encore plus son dos voûté, et nous a salués en frottant ses mains jointes.

Je ne savais pas grand-chose au sujet de la famille d'Izumi. Jusqu'à la génération du grand-père, ils avaient été producteurs de raisin, mais ayant fait de mauvaises affaires ils avaient perdu leurs terres, si bien que son père avait été obligé de devenir fonctionnaire, et son petit cadet de vingt et un ans faisait de la musique. C'était à peu près tout ce que je savais. Je m'étais rendu compte, dès que la conversation venait sur sa famille, que le ton de sa voix était curieusement déséquilibré, si bien que je m'arrangeais pour ne pas insister.

Ce sujet de conversation, nous le traitions comme une cacahuète tombée par mégarde d'une assiette. Il suffisait de la ramasser, de l'éplucher et de la jeter dans sa bouche et c'était fini. Cela ne provoquait pas d'autres inconvénients.

Mais prendre expressément des congés pour aller rendre visite à sa famille n'était pas aussi simple. En plus pour faire une demande en mariage.

La maison était vieille et banale, mais de construction solide. Dans le jardin qui n'était pas si grand, un zelkova *keyaki* étendait sa ramure, dont le feuillage se balançait dans le vent agréable qui remontait des vergers en pente. A l'intérieur de la maison, tout était prêt. Le ménage avait été fait jusque dans les moindres recoins, des fleurs étaient disposées un peu partout, et l'assortiment de pantoufles alignées dans le couloir était neuf. Où que l'on porte les yeux, il n'y avait pas de faille. Cela me donna l'impression que cette maison n'était pas habituée à recevoir des visiteurs, quels qu'ils soient.

"Merci de vous être donné la peine de venir de si loin" ; "Vous devez être fatigué. Allez, venez" ; "Mettez-vous à votre aise, ne vous gênez pas" ; "Voulez-vous quelque chose à boire ?"

Son père et sa mère faisaient assaut d'amabilité, réitérant à tour de rôle des paroles de bienvenue, ne me laissant pas le temps de placer un mot pour nous excuser de notre retard. Ils étaient tellement attentionnés envers moi qu'ils finissaient par ne pas s'apercevoir que leur fille ne se sentait pas bien. Sa grand-mère continuait à prier les mains jointes, tandis que son petit cadet était debout, silencieux, à ses côtés.

Il n'était pas aussi petit qu'elle le disait. Il avait une tête de plus que moi, et il devait bien peser une fois et demie de plus.

Ce fut aussitôt le dîner. La table, recouverte d'une nappe blanche bien amidonnée, débordait de nourritures. Celles-ci n'étaient pas simplement somptueuses, l'assortiment de décors, de couleurs et des plats était soigné jusque dans les moindres détails. Sa mère allait et venait avec empressement entre la cuisine et la salle à manger, son père ne faisait que répéter : "Allez, mangez bien." Elle devait enfin se sentir mieux, car elle avait meilleure mine, mais elle ne mangeait pas beaucoup.

Je savais que son père était fonctionnaire à l'inspection de l'hygiène du service de santé publique.

— C'est pourquoi il voyage tout le temps, m'avait-elle dit. Il va dormir un peu partout dans les hôtels ou les auberges pour vérifier qu'il n'y a pas de problèmes d'hygiène. Et il les classe dans la catégorie A, B ou C.

— Ça a l'air amusant comme travail, lui avais-je répondu d'un ton léger, mais elle avait répliqué en secouant la tête :

— Parce que tu crois que c'est amusant de passer un coton-tige sur le siège des toilettes, de brasser les restes d'un banquet ou de ramasser des poils pubiens dans les vestiaires des sources chaudes ?

Pour le milieu de la cinquantaine, son père avait des rides marquées, les cheveux renvoyés en arrière et un front aussi sec que s'il était recouvert de poudre. Il ne donnait pas l'impression de générosité caractéristique des gens qui voyagent beaucoup, il était totalement en retrait et compassé.

— Alors, ces temps-ci, au collège ça se passe comment ? me demanda-t-il en enlevant la peau d'une fève bouillie.

— Eeh, comment dire, pas trop mal.

Pour essayer de dissimuler que je ne savais pas quoi dire d'intéressant, j'ai fini de boire ma bière.

— Un professeur de technique, ça enseigne quoi au juste ?

Comme on pouvait s'y attendre, sa mère a ajouté de la bière dans mon verre.

— Principalement le fonctionnement des ordinateurs. Ensuite, en ébénisterie on fabrique des chaises, en électricité des robots assez simples, bah, toutes sortes de choses.

— Eh bien, mais c'est un travail excellent…

La conversation ne rebondissait pas tellement. Comme si elle voulait laisser passer le silence, sa mère allait de plus en plus souvent à la cuisine, rapportait des assiettes qu'elle posait quand même sur la table alors qu'il n'y restait plus beaucoup de place. Son père restait pensif, comme s'il cherchait une question intelligente, mais il n'y arrivait pas et finissait toujours par se résumer à un : "Allez, mangez bien."

J'ai essayé de m'imaginer le père qui était devant moi un coton-tige et des poils pubiens à la main. Et là, il m'a fait un effet assez remarquable.

Je me disais qu'elle aurait pu quand même intervenir un peu plus et, mécontent, j'ai regardé discrètement à côté de moi, mais il m'a semblé qu'elle n'avait pas encore retrouvé la forme. Elle serrait toujours presque autant les lèvres. Je les ai observées. Elles étaient charnues et bien dessinées, leur contour donnait irrésistiblement envie de les suivre du bout des doigts, et elles étaient étrangement pleines comme si elles recelaient toutes sortes de mots inimaginables. Je me suis rappelé que peu après que nous avions commencé à nous fréquenter, elle m'avait demandé ce qui me plaisait le plus chez elle et que j'avais répondu ses lèvres.

— Tes lèvres quand tu siffles le signal de se mettre en rangs, lui avais-je dit.

Izumi était le professeur chargé des cours d'hygiène et d'éducation physique, et un sifflet humide de salive pendait toujours sur sa poitrine.

Sa grand-mère et son petit frère cadet conservaient leur propre rythme. La grand-mère, dont on ne voyait que la tête au-dessus de la table, alors qu'elle était assise en tailleur sur sa chaise, et son petit cadet qu'elle aurait pu soulever à deux mains, même si leur constitution était contrastée, étaient à égalité dans leur façon de manger. Sans produire de bruits intempestifs, ils avalaient les choses l'une après l'autre sur le même rythme que leur respiration. Légumes verts, tofu, poisson cru et algues, tout tombait discrètement dans les ténèbres à l'intérieur de leur bouche. Au point que, même si ce n'était pas le cas pour son petit cadet, l'on pouvait s'inquiéter d'une éventuelle indigestion pour sa grand-mère. A commencer par Izumi, personne n'y prêtait attention. Ils rapprochaient un plat, manipulaient leurs baguettes, se saisissaient du flacon de sauce de soja, s'emparaient d'une nouvelle assiette. Leurs mains qui allaient et venaient au-dessus de la table traçaient des courbes admirablement harmonieuses.

— Savez-vous quand le visiteur va arriver ? dit soudain la grand-mère.

Cela mit un curieux accent dans la conversation qui avait tendance à s'interrompre.

— Mais il est là déjà depuis un moment.

La mère lui arrangea sa serviette. Coincée dans son encolure, celle-ci était semée de grains de riz, de filandres de viande de bœuf et d'arêtes de poisson.

— Allons bon. Mais enfin.

— Tenez, regardez bien. Il est assis à côté d'Izumi.

— Aah... C'est lui... Pourquoi ne me l'avez-vous pas dit plus tôt, hein ?

La grand-mère, faisant un effort soutenu pour soulever ses paupières prises entre ses rides, posa sur moi ses prunelles comme des petits cailloux desséchés. Et approchant son visage alors que je portais à ma bouche un champignon en beignet, elle me chuchota à l'oreille :

— Il est peut-être empoisonné, hein. Faites bien attention.

Il avait été décidé que nous passerions la nuit, Izumi dans la chambre qu'elle avait utilisée jusqu'au lycée, moi avec son petit cadet dans sa chambre. Pour être franc, cela me pesait. Au point que j'aurais préféré dormir avec la grand-mère. Depuis mon arrivée dans la maison, je n'avais pas échangé une parole avec lui. Pour moi qui n'avais pas de frères, ni aîné ni cadet, je n'avais aucune idée de ce dont j'aurais dû parler avec lui. J'ai pensé que je n'avais qu'à prétexter la fatigue pour m'endormir aussitôt.

Dans la chambre étaient déjà étalés deux matelas et leur couette. Après, il y avait un bureau en bois bien rangé, et à côté un ensemble vidéo, c'est tout, la chambre était triste. Le petit cadet qui avait mis son pyjama était assis, désœuvré, les jambes étalées sur son futon.

— Aah, ai-je dit pour voir.

Le petit cadet, les yeux baissés, déboutonnait et reboutonnait le bouton du bas de sa veste de pyjama.

Cette appellation de petit cadet me gênait depuis un certain temps déjà. Chaque fois qu'Izumi prononçait ce petit nom, son ton devenait hésitant, comme si elle avait devant les yeux une silhouette vraiment petite et qu'elle avait peur de la briser d'une respiration trop brusque.

— Le poison n'agit pas ? murmura-t-il, les yeux toujours baissés sur son bouton, grand-maman en a parlé, hein ?

— Oui, c'est vrai. Pour l'instant, j'ai l'impression que ça va.

Serrant et tendant les doigts, tournant la tête, je lui ai montré qu'il n'y avait rien d'anormal.

— Aah, tant mieux.

Le petit cadet a enfin levé la tête.

— Merci de t'inquiéter pour moi. Tu as de bonnes oreilles, hein, pour avoir entendu le chuchotement de ta grand-mère.

— Pas tant que ça. C'est que je suis instrumentiste… Un soda, vous en buvez ?

N'attendant pas ma réponse, il avait pris dans le tiroir de son bureau une bouteille de soda, un décapsuleur et un verre.

— Tu les caches dans un drôle d'endroit, hein.

— Grand-maman me laisse jamais en boire parce qu'elle dit que quand il est froid ça me donne la colique. J'ai qu'un verre, excusez-moi.

D'un geste habitué, tenant la bouteille serrée entre ses cuisses, il l'a décapsulée, m'a tendu le verre qu'il avait rempli, a bu directement au goulot. Le soda tiède avait un goût de pluie. Le verre n'avait pas dû être lavé depuis longtemps, car il était tout poisseux.

En bas de l'escalier, tout était calme, aucun bruit ne nous parvenait. Ma gorge et celle du petit cadet résonnaient à tour de rôle. Les ténèbres derrière la fenêtre étaient denses, le vent n'avait toujours pas cessé.

— Si vous en voulez plus, dites-le-moi. J'en ai encore une autre bouteille dans le tiroir…

Conformément à son petit nom, à peine sa petite voix fut-elle aspirée par le goulot qu'elle alla se fondre aisément dans les bulles. Il avait la peau claire, des cheveux courts et des oreilles au contour bien dessiné. Comme pour faire en sorte que son corps trop grand ne dérange pas son visiteur, il avait le cou rentré dans les épaules et le dos courbé. Son pyjama était décoré de girafes. Il n'avait pas l'air de vouloir terminer de sitôt sa dernière gorgée de soda, qui ne cessait d'osciller au fond de la bouteille. Ayant laissé échapper le bon moment pour proposer de dormir, j'ai jeté un nouveau coup d'œil à sa chambre.

Je ne voyais rien en relation avec la musique. Ni appareil audio, CD, instruments de musique, ni métronome, pupitre, programmes de concert non plus. Et cela ne se limitait pas à la musique. On ne trouvait rien nulle part qui laissât entrevoir quelque chose de sa vie ou qui aurait pu aider à se figurer son enfance. Revue à moitié lue, clochette souvenir de voyage, photographie d'une idole, gant de base-ball usagé, maquette poussiéreuse... Mon regard se déplaçait à la recherche du moindre indice, en vain. Seule la silhouette du petit cadet en pyjama imprimé de girafes et faisant osciller son soda prouvait que là était l'endroit où il vivait.

Izumi dormait-elle déjà ? J'ai épié les bruits de la pièce voisine. En haut de l'escalier, au moment de franchir des seuils différents, Izumi m'avait dit :

— Excuse-moi, hein.

— Pourquoi tu t'excuses ? Tu ferais mieux de me souhaiter bonne nuit, lui avais-je répondu.

— Vous en voulez d'autre ? me demanda-t-il à nouveau.

— J'ai assez bu, tu sais. Merci.

— Les visiteurs se sentent gênés, alors il faut leur demander plusieurs fois.

— Qui a dit cela, ta mère ?

— Hmm, je crois pas. Grand-maman, plutôt.

— Moi je ne me sens pas du tout gêné, tu sais. Tu n'as pas à t'inquiéter.

Le petit cadet a bâillé, puis il a fait un rot.

Le bruit de quelqu'un qui se retourne dans son sommeil arriva de la pièce à côté. On entendit un chien aboyer dans le lointain. Mais les deux choses se calmèrent aussitôt, et un calme encore plus profond qu'avant s'installa.

— Puis-je regarder une vidéo ? commença-t-il, un peu ennuyé.

— Bien sûr que oui.

Tout ce qui pouvait apporter un changement à ce calme était bienvenu.

— Puisque c'est ta chambre, c'est mieux pour moi que tu y fasses ce que tu as l'habitude de faire.

Il a sorti du tiroir une cassette vidéo pour la glisser dans le magnétoscope. Après un moment de bruits parasites, il y eut un thème musical sur des images de savane, de jungle et de fonds marins. La cassette devait être souvent utilisée, car de temps à autre l'écran se brouillait et la voix s'interrompait.

"Tous les animaux sont une clef pour éclairer les secrets de la nature. Ils nous enseignent la beauté de la vérité. Eh bien, ce soir encore, *Les Merveilles de la nature* vont vous emmener vers des mondes mystérieux… Le thème d'aujourd'hui est *Parodies de la mort.*"

— Tous les soirs avant de m'endormir, je regarde l'émission sur les animaux. Mon père me l'enregistre.

Il a posé sa bouteille de soda à son chevet et s'est installé bien droit devant la télévision. Je me suis étiré et j'ai recroisé mes jambes.

"Ils ont acquis toutes sortes de techniques pour se protéger de l'ennemi qui menace leur vie. Ils s'enveloppent dans une armure de protection, se cachent derrière un camouflage, produisent des signaux d'avertissement, projettent du poison, ou encore se contentent de fuir... Mais parmi toutes ces techniques, sans doute peut-on dire que la plus étrange est celle de la parodie de la mort."

La récitante, une femme d'âge moyen, avait une voix basse et profonde, un peu mouillée.

— Tu bois du soda et tu regardes une vidéo. C'est une habitude, hein ?

— Oui, c'est ça, une habitude.

— Je ne savais pas que tu aimais les animaux.

— Hmm, a-t-il fait en secouant la tête, c'est pas que je les aime. Mais parce que si je me couche après avoir vu des animaux, j'ai un sommeil de plomb.

— Pourquoi ?

— Je ne sais pas. C'est seulement que ça me rassure de voir que dans des endroits éloignés où je ne suis jamais allé vivent des animaux qui me ressemblent plus ou moins, et qu'eux aussi, comme moi, ils mangent, forment une famille, dorment et meurent. Vous trouvez ça bizarre ?

— Pas du tout.

Ce fut à mon tour de secouer la tête. Son profil à la lumière de la lampe fluorescente était à portée de ma main. Retenant sa respiration, il regardait fixement l'écran, sans ciller.

"… Le champion de la parodie de la mort est sans doute l'opossum d'Amérique. Quand il est attaqué, d'abord il contre-attaque. Il pousse des cris de menace, et mord avec ses dents terriblement aiguisées. Il ne feint la mort que si l'adversaire ne recule pas malgré tout. Cela se produit brusquement. C'est même dramatique."

Je voyais un opossum d'Amérique pour la première fois de ma vie. C'était un animal d'apparence pas très brillante, une sorte de croisement entre le rat et le blaireau, au poil gris épars. Mais comme le disait la récitante, son exécution de la parodie de la mort était une merveille. Ses quatre pattes pendaient un peu n'importe comment, les ongles de ses pieds essayaient en vain d'attraper l'air, et sur sa langue qui pointait hors de sa bouche et ses yeux mi-clos flottait la sincérité de celui qui se désole et veut savoir pourquoi il en est arrivé là.

Le petit cadet, mains et lèvres serrées, regardait fixement l'opossum. On aurait dit qu'il craignait qu'à trop bien faire la parodie de la mort, il ne meure vraiment. Il se tourna une fois vers moi, voulut me dire quelque chose, ravala ses mots et revint à l'écran.

"... Vous allez penser que c'est stupide de s'exposer ainsi sans défense aux yeux de l'ennemi ? N'est-ce pas seulement lui épargner sa peine ? Mais c'est une erreur... On sait que l'électroencéphalogramme de l'opossum en état de mort apparente est exactement le même que lorsqu'il est éveillé. Il ne tombe pas aveuglément en syncope, pas plus qu'il ne s'abandonne au désespoir. Il comprend tout... La plupart des prédateurs ne réagissent qu'aux proies qui bougent. Parce qu'ils recherchent de la viande fraîche et saine. Par la parodie de la mort, l'opossum suggère que sa chair a déjà commencé à se décomposer..."

Le récit continuait.

A ce moment-là, l'opossum sur l'écran, sans aucun signe avant-coureur, revint brusquement à la vie. Le petit cadet poussa un cri. En un rien de temps, l'animal avait détalé.

"... On dirait qu'il a réussi. Quand l'ennemi recule, en un instant sa tactique fait mouche..."

— Dites, il est parti où l'opossum ?
— Il est retourné se coucher en sécurité.
— Vraiment ?
— Aah, maintenant il est hors de danger.

Le petit cadet, profondément soulagé, poussa un grand soupir.

— Tu joues de quel instrument ? ai-je questionné une fois couché, la lumière éteinte.
— Du *meirinkin*, répondit le petit cadet.
— *Mei, rin, kin* ?

— Oui. Ça s'écrit comme ça.

Et le bras en l'air, il a tracé des caractères du bout de l'index, mais comme il faisait noir, je n'ai pas pu les lire.

— C'est un instrument rare, hein ?
— Oui, peut-être.
— Un instrument de quel pays ?
— Euh, du Japon. D'ici.
— Il existe depuis les temps anciens ?
— Non, il est pas si vieux que ça.

Dans l'obscurité, sa voix était encore plus fine. Il était enroulé dans son futon jusqu'au cou et je distinguais vaguement son visage tourné vers moi.

— Il a quelle forme ?
— Il est un peu plus gros qu'un ballon de rugby, d'une grandeur juste bien pour qu'on puisse le tenir à deux mains. Il est fait d'une vessie natatoire de baleine à bosse.
— Héé…
— La surface de la vessie est recouverte d'écailles et à l'intérieur on a fixé des cordes faites à partir d'ailerons de poissons volants. Elles sont la source de vibrations et le tremblement de l'air se transmet aux écailles.
— L'origine des écailles est déterminée ?
— Si on utilise le plus de variétés possible de poissons, on obtient sans doute un son plus profond.

J'ai compris que le *meirinkin* s'écrivait avec les caractères chinois du chant 鳴, de l'écaille 鱗 et de la cithare 琴.

— C'est la première fois que je rencontre quelqu'un qui peut jouer d'un instrument aussi rare.
— C'est sûr, parce que je suis le seul au monde à jouer du *meirinkin*, répondit le petit cadet. C'est un instrument que j'ai inventé. J'en suis l'inventeur et le seul interprète.

Mes yeux s'étant habitués à l'obscurité, son visage me paraissait encore plus proche. Le clair de lune qui passait par un interstice entre les rideaux s'infiltrait entre nous comme une fine ceinture. La présence d'Izumi dans la chambre voisine n'était plus du tout perceptible.

— Quand et où est-ce que tu en joues ?
— Le moment n'est pas déterminé. Mais l'endroit, oui, c'est toujours au bord de la mer. Sans la brise de mer, il n'y a pas de son. Parce que l'instrument n'est fait qu'avec des choses de la mer, hein ?
— Il est là, ton *meirinkin* ?
— Bien sûr. Tenez, là-bas. Il est rangé dans une boîte en bois.

Il désignait le même tiroir de bureau que celui d'où il avait sorti le soda.

— Je voudrais bien t'entendre jouer, lui dis-je honnêtement.

Le petit cadet m'observa intensément et me répondit après avoir sorti sa main de la couette pour la poser sur son cœur :

— Excusez-moi. Pour l'instant c'est impossible. Sans la brise de mer, le *meirinkin* ne peut pas chanter, commença-t-il en soupirant comme s'il était profondément désolé. Le long de la vessie, il y a une fente longue et fine et quand l'air passe par là, il fait vibrer les cordes. Selon la force ou la faiblesse du vent, la vibration des cordes est différente. L'interprète, c'est-à-dire moi, souffle dans l'ouverture de la vessie, et en faisant attention à ne pas empêcher le passage de l'air, fait entrer la vessie en résonance avec cette vibration et la transmet aux écailles. C'est pourquoi l'interprète ne joue pas une mélodie, c'est le vent qui tient le rôle principal. En plus, la brise de mer.

— J'aimerais bien entendre le genre de son que ça fait.

Le petit cadet leva ses bras au-dessus de sa poitrine, gonfla ses joues, pinça les lèvres. Ensuite il souffla doucement dans l'obscurité de ses bras.

Ce que j'entendis ne fut pas un sifflement ni un chant, plutôt un son léger mais ferme. Il joignait le soulagement d'être enfin arrivé après de longues heures au fond de la mer à l'illimité de voyager encore plus loin.

J'ai essayé d'imaginer la silhouette du petit cadet debout au bord de la mer. Les deux pieds prenant solidement appui sur le sable, les paumes enveloppant doucement la vessie. La brise, comme si elle avait trouvé un repère, était attirée par lui. Le vent qui avait traversé la mer était à la recherche de la tiédeur de ses paumes.

Ses lèvres, exactement comme si le *meirinkin* était là, continuaient à faire vibrer les ténèbres. Elles avaient exactement la même forme que celles d'Izumi que j'aimais tant.

Il y avait encore du temps avant l'aube, mais le gros de la nuit était sans doute passé depuis longtemps déjà. Pour vérifier si le petit cadet était vraiment endormi, je lui ai adressé la parole.

— Comment dorment les girafes ?

Il n'y a pas eu de réponse. Seule me parvint sa respiration régulière.

Je me suis extrait de ma couette, et faisant attention à ne pas faire de bruit, j'ai ouvert le tiroir du bureau. Des bouteilles de soda ont roulé.

Au fond, il y avait une boîte en bois. De la taille qu'il m'avait montrée, elle était très ordinaire, simplement vernie, sans étiquette ni motifs. Le vernis était écaillé par endroits, le fermoir du couvercle rouillé.

Je me suis retourné vers le petit cadet, qui se trouvait dans le monde paisible du sommeil où la parodie de la mort de l'opossum l'avait conduit. J'ai tendu la main vers la boîte, je l'ai serrée sur mon cœur, et je suis resté un instant ainsi. Les ultimes résonances du *mei-rinkin* imprégnaient encore mes tympans.

Sans toucher au fermoir de la boîte, je l'ai remise en place. La seule chose que je pouvais sentir entre mes mains, c'était le poids de la brise de mer.

VOYAGE A VIENNE

Parmi les quatorze participants d'un voyage organisé intitulé : "Six jours de voyage à Vienne dans la brise du début de l'été – *free plan type*", nous n'étions que deux, Kotoko et moi, à voyager seules, si bien que nous nous retrouvâmes tout naturellement à partager la même chambre d'hôtel. Kotoko était une veuve corpulente d'une bonne soixantaine d'années.

— Excusez-moi si je ronfle, me déclara-t-elle le premier soir de notre arrivée à Vienne en inclinant la tête, agenouillée sur son lit, et sans rien ajouter elle se dépêcha de se coucher.

J'étais persuadée que toutes les dames de cet âge-là étaient bavardes, mais Kotoko était différente. Que ce soit dans la salle d'attente, à l'aéroport ou dans le hall de l'hôtel, elle se tenait toute seule un peu à l'écart du cercle de personnes qui avaient la joie au cœur. Elle avait l'air de ne pas se sentir à l'aise comme si elle s'était retrouvée là par erreur. Elle s'agrippait avec énergie à la courroie d'un sac en faux cuir marron plein à craquer qui pendait de travers sur son épaule. Elle semblait n'avoir aucun point commun avec les autres en dehors du fait qu'il s'agissait du premier voyage à l'étranger du groupe.

A partir du lendemain et jusqu'au jour du retour nous étions libres de notre temps, de sorte que je n'avais nullement l'obligation d'entretenir des relations familières avec ma compagne de chambre. Ce n'était pas pour l'entendre parler avec fierté de ses petits-enfants ou médire de sa belle-fille que j'étais venue spécialement à Vienne, et je n'avais pas envie qu'on fouille dans ma vie privée. Pour moi, il s'agissait du voyage souvenir de mes vingt ans que je réalisais enfin après avoir économisé sou à sou sur mes heures de répétitrice.

Ainsi agenouillée, Kotoko ressemblait à un magot bien sage commandé spécialement pour le lit. Avec son visage rond, son double et même triple menton engoncé dans son cou, son ventre rebondi comme un bol sur lequel pesait sa poitrine. La graisse, équitablement répartie sur tout son corps, des paupières aux oreilles en passant par les épaules, le dos, les genoux et les doigts, engendrait des courbes originales. A son chevet, gonflé comme pour mieux rivaliser avec son corps, était abandonné son sac.

Kotoko ronflait vraiment, mais avec une telle retenue que le son était proche de la respiration régulière du sommeil, si bien que je pus m'endormir aussitôt moi aussi.

Le lendemain matin, je me préparais à sortir lorsque Kotoko s'agenouilla à nouveau sur son lit. Elle s'attardait, ayant sorti de son sac une carte qu'elle observait en poussant des soupirs, remettant le cardigan qu'elle avait déjà enlevé une fois.

— Euh... commença-t-elle à mi-voix sans relever la tête, vous serait-il possible de noter ici le nom de l'hôtel ? me demanda-t-elle en tendant sa paume vers moi. C'est ennuyeux, si je me perds, que je ne puisse plus revenir. Toutes ces lettres de l'alphabet sont difficiles et je ne les comprends pas bien. Je suis honteuse, mais...

Elle arrondissait encore plus son corps déjà rond, faisant grincer les ressorts du lit.

— Dans ce cas, il y a un bloc-notes...

Je tendais déjà la main pour le prendre, à côté du téléphone, lorsqu'elle m'en empêcha en écartant sa main au maximum.

— Non, je peux perdre un bout de papier à tout moment. Ici c'est plus sûr. L'écrire ici c'est ce qu'il y a de mieux.

Sa paume elle aussi était bien potelée. J'ai écrit dessus au feutre gras : "König von Ungarn". Pour être franche, je dois dire que moi non plus je n'étais pas certaine d'être capable de prononcer correctement ce nom compliqué. C'était agréable de sentir la pointe du feutre s'enfoncer un peu dans la chair molle.

Kotoko a regardé sa paume un moment, suivant du doigt les lettres que je venais de tracer, mais elle se tortillait avec gêne, paraissant garder un reste d'inquiétude. Elle releva doucement la tête et, rencontrant mon regard, la rabaissa précipitamment. On aurait dit qu'elle faisait des efforts pour essayer à tout prix de me faire comprendre qu'elle avait autre chose à me demander qu'elle n'arrivait pas à exprimer.

— Où pensez-vous aller, aujourd'hui ? lui demandai-je sans réfléchir, alors que je n'avais pas spécialement envie de le savoir, et ce fut le commencement de toute l'erreur.

Kotoko était venue jusqu'à Vienne dans le seul et unique but de rencontrer un amoureux d'autrefois qui finissait ses jours dans une maison de retraite. Je fus étonnée car je ne m'attendais pas à entendre dans sa bouche une expression aussi romantique.

Au départ, j'avais eu l'intention de l'accompagner jusqu'à la gare de Schottentor, le terminus des tramways de la ville, et de la laisser là. Selon elle, pour arriver à la maison de retraite, il suffisait d'y prendre le tramway numéro trente-huit et de descendre à l'arrêt Grin quelque chose.

— Vous avez le numéro trente-huit là-bas. C'est écrit en gros sur la carrosserie, vous le voyez ? Vous le prenez et il vous y mènera tout droit. C'est aussi simple que ça.

— Aah…

Kotoko n'avait pas l'air de vouloir lâcher mon bras qui lui montrait la direction. Le faux cuir de son sac et la chair de son ventre venaient se cogner mollement contre moi.

— Qu'est-ce que je vais faire si je manque l'arrêt ? Le nom de la gare est aussi écrit en alphabet, n'est-ce pas ? C'est normal. On est en Autriche. Je ne peux pas faire l'enfant gâtée. A qui vais-je pouvoir demander le chemin de la maison de retraite ? En fait j'ai le cœur fragile, et rien que de me trouver ainsi au milieu de la foule, j'ai des palpitations. Non non, il n'y a pas de quoi s'inquiéter. C'est toujours comme ça, je suis habituée. Mais tenez, j'ai de quoi payer votre billet de tram. Vous pensez que ça suffira pour acheter deux allers et retours ? Bien sûr, vous pouvez garder la monnaie.

Elle insista pour glisser de force un billet dans ma poche. Lorsque je le dépliai, je vis qu'il s'agissait de cinquante schillings, et le papier était tellement froissé que l'on n'y distinguait même pas la tête de Freud. C'est vrai, cela devrait suffire, me suis-je dit en faisant un calcul que je n'étais pas censée faire.

Pendant ce temps-là, elle se collait de plus en plus à moi. L'autobus numéro trente-huit allait partir d'un moment à l'autre.

— Nous allons le rater, venez.

Moitié étonnée, moitié malgré moi, je suis montée avec elle dans le tramway. Il n'y avait pas de mal à accompagner pendant une demi-journée une veuve au cœur malade ne sachant pas déchiffrer l'alphabet, et pour laquelle j'avais de la compassion. D'ailleurs je me sentirais beaucoup mieux en étant gentille avec elle plutôt que de me reprocher toute la journée de l'avoir laissée se débrouiller seule. C'est ce que je me disais dans le tramway pour me réconforter.

Kotoko, complètement soulagée à présent, avait le visage radieux, mais en même temps, elle ne lâchait toujours pas mon bras, comme si elle s'interdisait toute imprudence. De temps en temps elle sortait de son sac du chewing-gum, du chocolat ou des biscuits de riz qu'elle me proposait avec entrain. Une bouteille plastique si on avait soif, un peigne s'il y avait du vent, un spray pour la gorge si on toussait. De son sac sortaient toutes sortes de choses destinées à me faire plaisir.

Mais à ce moment-là, j'avais encore l'intention, dans l'après-midi, de visiter la cathédrale Saint-Etienne, puis de me faire photographier devant la statue de Mozart avant de déguster une *Sachertorte* dans un café.

Ce que me raconta Kotoko en cours de route des circonstances de son ancienne histoire d'amour n'était pas si compliqué. Elle m'expliqua que, quarante-cinq ans plus tôt, elle était alors âgée de dix-neuf ans et travaillait dans une fabrique de jambon qui dépendait d'une société de produits alimentaires lorsque, un certain Johan âgé de trente-quatre ans étant arrivé de Vienne comme directeur technique, elle n'avait pas tardé à tomber amoureuse de lui. Il était soi-disant, pour reprendre ses propres mots, détenteur de prunelles transparentes comme des pastilles de caramel, et de cheveux dorés aussi doux que des aigrettes de pissenlit. Dix mois plus tard, quand il était reparti après avoir terminé sa mission, Johan lui avait promis de revenir la chercher.

— Et il n'est pas revenu, bien sûr, remarquai-je.

— Mais comment le savez-vous ?

Kotoko ouvrait de grands yeux étonnés.

— Enfin, on entend souvent ce genre d'histoires. De toute façon, il devait avoir une épouse à Vienne.

— Eh bien vous alors, vous êtes jeune mais on peut dire qu'on ne vous la fait pas. J'ai vraiment de la chance de partager une chambre avec quelqu'un d'aussi avisé.

Elle hocha la tête toute seule, avant de se mettre à fouiller encore une fois dans son sac à la recherche de quelque chose d'autre. J'esquissai un sourire de contentement avant de croquer dans une barre de chocolat.

Alors qu'elle avait été trahie, elle n'avait pas l'air d'en garder de la rancune.

— Sa femme étant décédée la première, il est resté longtemps en maison de retraite, mais il paraît qu'il n'en a plus pour longtemps. Lorsqu'il est arrivé là, il a fourni une liste de personnes à prévenir au cas où, qui comportait mon nom et l'adresse de la fabrique de jambon. Tout à la fin de la liste. Bien sûr, je crois que ce n'est pas encore le moment, mais qu'ils m'ont quand même prévenue parce que le Japon est un pays lointain.

Il me sembla que non seulement elle n'éprouvait aucun ressentiment, mais qu'elle était fière de voir son nom figurer sur la liste.

La gare où il fallait descendre était Grinzing, on l'avait su tout de suite, mais le chemin qui menait à la maison de retraite était long et compliqué. Kotoko n'y serait sans doute pas arrivée seule. Nous avons traversé un quartier résidentiel, nous sommes passées devant un petit musée dédié à Beethoven, avons suivi une allée le long d'un ruisseau, et le bâtiment que nous cherchions fit brusquement son apparition aux abords d'une forêt.

Des fenêtres longues et étroites se succédaient à intervalles réguliers, il n'y avait pas d'ornements superflus, c'était un bâtiment imposant. Le jardin qui s'étendait derrière la grille de fer forgé était bien entretenu, la forêt s'étendait au fond. Des oiseaux pépiaient alentour avec entrain.

Pour quelqu'un venu de si loin afin de retrouver un amoureux après quarante-cinq ans, Kotoko n'avait pas l'air très exaltée. Au contraire, à partir de ce moment-là, la pression de sa main qui tenait mon bras se fit plus légère, et elle se tint un peu en retrait, comme si elle voulait montrer qu'elle n'était qu'une accompagnatrice.

— Voilà, nous sommes arrivées.

Kotoko se contenta d'une petite exclamation sans conviction.

Une femme à l'accueil nous emmena dans une chambre de malade assez vaste donnant sur une cour intérieure, au bout d'une galerie qui avait tourné plusieurs fois. Deux rangées de lits tubulaires partaient tout droit, au chevet desquels était posé un tabouret destiné aux visiteurs. Je comptai seize lits, tous occupés par un vieillard allongé.

Je vis tout de suite, malgré mon peu d'expérience en ce domaine, que la salle était réservée aux malades en fin de vie. Les visages étaient sans énergie, les corps décharnés au point que l'on distinguait le relief des os sous les couvertures, les yeux pour la plupart fermés, dont on ne savait pas si c'était à cause du sommeil ou de la perte de conscience. D'ailleurs, certaines paupières n'étaient ouvertes que sur du vide. Il me semblait que d'autres visiteurs étaient présents, mais on n'entendait pas une parole, ils gardaient le silence. Il ne se produisait, de temps à autre, qu'un gémissement, hoquet ou raclement de gorge.

J'ai regardé à travers la pièce. J'avais l'impression que tous les malades avaient le même visage. Les légères différences de coiffure, de forme d'oreilles ou d'épaisseur des lèvres étaient absorbées par l'ombre de la mort. Ils étaient tous recouverts d'un masque identique qui avait pour nom vieillesse et qui dissimulait leur figure d'origine.

Nous fiant aux noms sur les plaques accrochées à l'extrémité du lit, nous nous étions partagé la tâche pour chercher celui de Johan.

— Ah !

Kotoko l'avait trouvé la première. C'était le cinquième lit à partir de l'entrée, côté sud. L'état de Johan n'était pas non plus très différent de celui des autres vieillards. Ses cheveux dorés qui ressemblaient à des aigrettes étaient tombés, on voyait la peau de son crâne couverte de croûtes, et ses prunelles comme des pastilles de caramel se trouvaient malheureusement dissimulées sous les paupières.

Dans un premier temps, nous nous sommes assises sur le tabouret et nous avons observé Johan. La couverture et l'oreiller étaient propres, il n'y avait pas un grain de poussière sur le sol. La lumière qui pénétrait par les fenêtres éclairait jusqu'au moindre recoin, une brise légère soufflait de temps à autre. Les fleurs des massifs, coquelicots, pâquerettes et violettes, étaient fraîches, tandis que les abeilles venues recueillir du nectar voletaient sans arrêt entre les pétales. Un pensionnaire traversa lentement la cour appuyé sur sa canne.

— Et si vous lui parliez ? lui ai-je proposé.

— Mais… hésita-t-elle en tripotant la courroie de son sac, ce n'est pas gentil de le réveiller, s'il dort.

— Puisque vous vous retrouvez au bout de quarante-cinq ans, ça m'étonnerait qu'il se mette en colère. D'ailleurs, il semble dormir, mais il est peut-être conscient, vous savez.

— Vous avez raison.

Elle s'est raclé la gorge deux ou trois fois avant de murmurer d'une voix à peine audible :

— Johan ?

Il n'a pas bougé.

— Si vous ne parlez pas plus fort, il ne risque pas de vous entendre. C'est un vieillard, ne l'oubliez pas.

— Oui, vous avez raison. Alors je recommence.

Cette fois-ci, sa voix se fit plus assurée, mais comme on pouvait s'y attendre, elle ne troubla pas du tout son sommeil.

— Alors vous n'avez qu'à l'embrasser sur la joue.

— Eh bien, mais qu'allez-vous chercher ?

Elle paraissait offusquée.

— Un Autrichien, c'est ainsi qu'il faut le saluer. Et puis, quand vous étiez amoureux, vous vous embrassiez bien, non ?

— Eh, quand même, à notre âge... bredouilla-t-elle, tête baissée.

— Si vous ne lui faites pas comprendre maintenant que vous êtes près de lui, ça n'a aucun sens d'avoir payé aussi cher pour venir jusqu'ici. Tant que vous ne l'aurez pas embrassé au moins une fois, je ne serai pas satisfaite de vous avoir accompagnée.

— Vous alors. Vous croyez ?...

Peut-être parce qu'il s'agissait d'un lit à l'usage des Occidentaux, pour se pencher par-dessus la ridelle, Kotoko dut se dresser au maximum sur la pointe des pieds. S'appuyant de la main gauche sur l'oreiller, elle parut d'abord ne pas savoir où poser la droite, mais finalement elle la glissa près de la tête de Johan, en s'étirant encore plus. Sa poitrine pesait sur la ridelle, ses mollets tremblaient. Malgré tout, elle hésitait encore. Quant au vieil homme, il n'avait toujours pas idée de ce qui se préparait.

Enfin décidée, Kotoko posa ses lèvres sur sa joue. La posture était bien trop disgracieuse pour que l'on puisse parler de douce rencontre en mémoire du passé, mais le baiser fut un baiser. La preuve en était cette marque de rouge à lèvres au creux de la joue de Johan.

Kotoko sortit une lingette de son sac pour l'essuyer et en profita également pour nettoyer la chassie de ses yeux et la salive qui coulait de sa bouche. Puis elle plia et replia la lingette plusieurs fois avant de se décider enfin à la jeter.

Kotoko m'offrit le déjeuner au buffet de la cantine de la maison de retraite. Elle pensait sans doute que la monnaie des tickets de tramway ne suffisait pas.

— Je suis tellement soulagée d'avoir enfin retrouvé Johan que ça m'a donné faim, me dit-elle, comme si elle venait de terminer un gros travail.

Elle se servit un morceau de bœuf bouilli avec une grande quantité de purée de pommes de terre comme garniture, et comme si cela ne lui suffisait pas, au dessert elle reprit de la glace.

— Pourquoi Johan a-t-il mis votre nom sur la liste alors qu'il ne vous a pas donné signe de vie pendant quarante-cinq ans ? l'ai-je questionnée.

— Peut-être qu'en rangeant ses affaires au moment d'entrer à la maison de retraite, il est tombé par hasard sur des documents portant l'adresse de l'usine de jambon ? me répondit-elle, moins stressée que je ne l'aurais pensé.

— Vous croyez qu'il avait l'intention de se faire pardonner ?

— Il devait avoir un peu mauvaise conscience.

— Après son départ, vous n'avez pas cessé d'attendre qu'il veuille bien revenir vous chercher, n'est-ce pas ?

— Eeh. Comme il ne me contactait pas, je lui trouvais toutes sortes d'excuses : il s'était heurté à l'opposition de ses parents qui l'avaient enfermé dans une tour de leur vieux château, ou alors il était devenu amnésique suite à un accident de la circulation… Mais je crois que je me trompais.

— Vous auriez dû vous précipiter à Vienne pour le pousser dans ses retranchements.

— Vous n'y pensez pas ! La seule chose que je pouvais faire c'était étouffer mon désespoir en me goinfrant du nouveau jambon fabriqué sous sa direction technique. Mais finalement, ce jambon ne se vendant pas bien, on en a arrêté la fabrication peu après.

Elle raclait avec sa cuiller la glace fondue qui stagnait au fond de sa coupe pour l'aspirer ensuite dans un chuintement.

— Il n'était pas comme ça autrefois, vous savez, me dit-elle sans lever les yeux de sa coupe vide.

— Eeh, bien sûr que non.

— C'était un dandy, élégant, et il me soulevait sans difficulté avec ses bras gros comme des jambons...

A cause de l'heure tardive peut-être, la salle à manger était vide. Les tables étaient recouvertes d'une nappe blanche, et décorées chacune d'une fleur cueillie semblait-il dans les massifs. Dans le solarium qui faisait suite à la salle à manger, des vieillards jouaient aux échecs.

— En tout cas, on peut être heureux qu'il existe quelqu'un dans un endroit lointain pour se souvenir de vous ne serait-ce qu'un instant, vous ne croyez pas ? A cette pensée, on est rassuré, même les nuits où l'on a du mal à trouver le sommeil. On peut s'endormir tranquillement en imaginant cet endroit lointain.

Elle porta la serviette à sa bouche. Son rouge à lèvres était complètement parti.

— Tenez, prenez ça.

Elle faisait glisser sa main sur la table, poussant quelque chose vers moi.

— C'est le prix du tramway pour demain.

Là encore, le billet de cinquante schillings avec la tête de Freud était tout froissé.

Finalement, le lendemain et le surlendemain, j'ai de nouveau accompagné Kotoko à la maison de retraite. Et j'ai fait l'impasse sur le musée d'Histoire de l'art, je n'ai pas visité le palais de Schönbrunn, je n'ai pas pris le petit train du parc du Prater, je n'ai rien fait d'autre que me rendre à la maison de retraite. L'état de Johan avait empiré.

Kotoko était assise immobile sur son tabouret. Elle s'était parfaitement intégrée à cette chambre de malade, comme si elle s'était toujours trouvée ainsi au même endroit.

De temps à autre, je me promenais dans le jardin pour me changer les idées. Je passais devant la terrasse, regardais les massifs, me reposais en m'asseyant sur le rebord de la fontaine. Il m'arrivait aussi de m'aventurer dans la forêt où, au milieu des arbres, je contemplais sans me lasser le miroitement incessant du soleil à travers le feuillage. On ne m'adressait pas la parole. Les personnes âgées regardaient leurs pieds. Lorsque je revenais dans la salle, Kotoko était toujours là, dans la même position.

— Il respire ? me demandait-elle toutes les vingt ou trente minutes, après m'avoir donné une petite tape sur le flanc.

J'approchais alors ma joue de la bouche de Johan pour vérifier son souffle. En tendant l'oreille, je percevais le léger sifflement des voies respiratoires au fond de sa gorge.

— Oui, ça va, lui répondais-je, mais elle continuait à le regarder d'un air dubitatif.

Dans ce cas, elle n'avait qu'à le faire elle-même me disais-je, mais elle semblait ne pas en avoir le courage, car elle continua autant de fois que nécessaire ses petites tapes.

Un bruit indéterminé, rot ou toux, un mouvement des yeux sous les paupières, et nous nous penchions, surprises. Il fallait alors que je vérifie à nouveau s'il respirait.

Insensiblement, j'ai commencé à réaliser que nous attendions sa mort.

Lorsque par hasard la main du mourant sortait de la couverture, Kotoko serrait craintivement ses doigts. Elle caressait ses cheveux, arrangeait le col de son pyjama, humidifiait ses lèvres avec un morceau de gaze. Elle faisait tout avec la plus grande retenue, comme si elle voulait montrer qu'elle n'en avait pas le droit et qu'elle se retirerait dès l'arrivée d'une personne autorisée à le faire.

Johan a rendu son dernier soupir un après-midi, la veille du jour où nous devions quitter Vienne. Qu'étaient donc devenues les autres personnes de la liste ? Nous l'avons veillé seules, Kotoko et moi, jusqu'à ses derniers instants.

Le personnel avait l'habitude. A partir de la constatation par le médecin de l'arrêt du pouls, tout se déroula rapidement dans le calme le plus complet. Chacun remplissait fidèlement son devoir. Nous sommes restées un peu à l'écart pour ne pas les gêner, à les regarder alors qu'ils purifiaient le corps, le transportaient dans la chapelle, puis mettaient des draps propres dans le lit.

Plusieurs pensionnaires vinrent nous présenter leurs condoléances. C'étaient des gens chaleureux. Pleurant, reniflant, ils faisaient l'éloge de l'homme et nous recommandaient de ne pas nous laisser abattre, avant de nous serrer dans leurs bras, Kotoko d'abord, moi ensuite.

Même si nous ne comprenions pas le premier mot de ce qu'ils disaient, nous sentions leur compassion.

Enveloppée dans ces bras âgés, le dos caressé, je sentais la tristesse se répandre progressivement en mon cœur. Même s'il s'agissait de la mort d'un homme qui n'avait aucun lien avec moi, avec qui je n'avais jamais parlé, une douleur existait semblait-il, que les personnes présentes devaient éprouver. Elle baignait mon corps comme une source glacée.

J'ai serré la main de Kotoko. Le nom de l'hôtel écrit au feutre s'était estompé et n'allait pas tarder à disparaître.

Lorsque tout fut terminé, la dernière trace qu'il resta de Johan fut la plaque à son nom accrochée au pied du lit. Les draps n'avaient pas un pli, la tiédeur du corps s'était dissipée, on y avait déposé un oreiller propre qui n'était pas encore déformé.

J'ai pris la plaque qui bougeait alors qu'il n'y avait pas de vent. Une étiquette était simplement collée sur le plastique.

"Joshua", y était-il écrit.

— Joshua ai-je lu à haute voix. Cet homme n'est pas Johan. C'est un monsieur Joshua.

Kotoko a ouvert à demi la bouche, a cligné plusieurs fois des yeux, a retourné la plaque, l'a frottée, mais cela ne changea rien au fait que Joshua était Joshua.

— Eh bien, mais qu'allons-nous faire ? dit-elle avec stupeur, et elle poussa un soupir.

— Rien.

— Et dire que je l'ai même embrassé…

— C'est bien. Vous avez fait ce qu'il fallait.

— Mais enfin…

— Quel que soit son nom, il avait besoin d'être accompagné. Vous avez seulement rempli ce rôle.

J'ai regardé la plaque du lit voisin.

"Johan"

C'était lui. Il était aussi affaibli que Joshua, à tel point qu'il n'y avait pas grande différence entre les deux, mais il n'était pas encore mort. Il dormait, ses prunelles transparentes comme des pastilles de caramel dissimulées sous ses paupières.

Nous avons regardé alternativement le vrai Johan et le lit vide. Et, les mains jointes, nous avons prié pour Joshua, maintenant si loin.

LE BUREAU DE DACTYLOGRAPHIE
JAPONAISE *BUTTERFLY*

Le bureau de dactylographie japonaise *Butterfly* se trouvait au croisement exact de deux rues, juste à la sortie du portail sud de l'université. Les conditions d'implantation faisaient qu'il s'agissait d'un bâtiment triangulaire à deux étages, avec au rez-de-chaussée un chapelier qui vendait des casquettes d'étudiants, au premier le bureau et au deuxième le dépôt. La petite rue qui partait à droite quand on se trouvait en face constituait un raccourci menant au boulevard où passait le tramway, tandis que dans celle de gauche se succédaient les petits restaurants pas chers pour étudiants, si bien que pendant les trimestres universitaires, dans la journée la foule était ininterrompue.

Pourtant, le bureau était le seul à paraître mener une existence misérable, à l'écart de l'animation. La plupart des gens passaient devant sans même se rendre compte qu'il se trouvait là. Peut-être parce qu'il était situé entièrement à l'intérieur de la fourche qui tenait lieu de pivot entre les deux rues. Pour tout un chacun, l'endroit n'était rien d'autre qu'un embranchement pour le tramway ou les cantines.

La seule exception était constituée par les chercheurs de l'université de médecine. N'ayant pas de secrétaires contrairement aux professeurs, ils arrivaient au bureau de dactylographie japonaise *Butterfly*, des extraits pour des présentations de colloques ou des légendes de diapositives sous le bras. En principe le bureau a pour devise : prix bas et promptitude, sans oublier la finition soignée.

L'intérieur du bureau est tout ce qu'il y a de plus simple. Du n° 1 au n° 5, cinq machines à écrire le japonais sont alignées le long des côtés du triangle, et au fond, le long de la base, il n'y a rien d'autre que le bureau du directeur et un meuble à tiroirs. Le meuble est équipé d'une solide serrure, disproportionnée par rapport à sa piètre qualité. Pour conserver les manuscrits originaux confiés par les chercheurs.

"Parce qu'il ne faudrait pas qu'une thèse importante soit volée, ou qu'une autre université aille s'emparer du mérite de la grande découverte du siècle, hein", nous répète chaque jour le directeur lorsqu'il le ferme à clef à dix-sept heures trente, heure de la fermeture du bureau. En toutes choses il fait preuve d'une exagération et d'un orgueil immodérés.

Le bureau toute la journée résonne du bruit des machines à écrire. Les machines occidentales qui frappent les lettres de l'alphabet montées sur des ressorts font un léger bruit de castagnettes, mais celles pour taper le japonais, où il faut soulever avec un levier un caractère en plomb pour l'imprimer sur le rouleau, résonnent d'une manière bien plus brouillée et mal dégrossie. Non seulement les cinq machines retentissent ainsi d'une manière presque ininterrompue, mais puisque chacune a son propre rythme, et que parfois elles entrent en résonance ou produisent des sons dissonants, il arrive que les vitres en tremblent.

On n'entend les voix des dactylos dans le bureau que lors des collations. Pour savoir s'il y a des fautes dans ce qui a été tapé, l'une lit l'original tandis que l'autre vérifie le tapuscrit.

"… Quand on établit, comme le montre le tableau 3, la densité de culture du liquide séminal au stade où il est transporté du canal déférent vers la vésicule séminale… La torsion du corps spongieux de l'urètre et du corps caverneux peut atteindre 720 degrés (photo 9)… La proportion de sperme dans le liquide organique prélevé à l'aide une aiguille à travers le scrotum du patient A…"

Pour ne pas le céder au bruit des machines, la lectrice doit crier à tue-tête.

— Ici, il y a une faute. Le *kan* après gland n'est pas le caractère de *canal*, mais de *couronne*.

— Il me semble qu'à la page précédente il y avait le même mot…

— Non, c'était le caractère *mizo*. Même s'il y a des cannelures, il n'y a pas de canal.

Surtout quand on a trouvé des fautes, la vérification se répète rigoureusement. Parce que, pour parler comme le directeur, il se peut qu'une faute de frappe réduise à néant la découverte du siècle.

Est-ce parce qu'à force de lire à haute voix on finit par en avoir assez ? Pendant le travail, les dactylos ne parlent pas pour ne rien dire. Exclusivement tête baissée, elles cherchent les caractères, appuient sur le levier, *blang*, *blang*. Il se peut que le règlement de service mentionne que les conversations personnelles sont interdites, mais moi qui suis la plus nouvelle des cinq, je ne sais pas très bien.

Au début, j'ai trouvé que *Butterfly* était un drôle de nom pour un bureau de dactylographie japonaise.

— Regardez le mouvement de la main tenant le levier qui cherche un caractère sur la casse, ne trouvez-vous pas qu'il ressemble à celui d'un papillon volant à la recherche du nectar des fleurs ? disait le directeur du bureau en désignant le travail de mes aînées.

J'étais étonnée que cet homme approchant la soixantaine, petit, aux dents jaunes, et chauve, ait baptisé son bureau à partir d'une idée aussi romantique.

Le directeur a tout à fait raison. Les machines à écrire le japonais installées sur les tables font au moins un mètre de large, et leur socle métallique contient les caractères en rangs serrés. Au centre ceux qui sont le plus fréquemment utilisés, par exemple le syllabaire *hiragana*, les chiffres ou les caractères chinois les plus fréquents dans les termes médicaux, et il semble que leur place approximative soit solidement ancrée dans la tête de mes aînées, ce qui n'empêche pas leur main de trembler lorsqu'elles manipulent le lourd levier pour sélectionner le petit caractère de quelques millimètres de côté. C'est ce tremblement qui ressemble au mouvement d'ailes des papillons.

Ils s'approchent de la fleur en hésitant un peu, déploient leur trompe au fond du pistil en faisant frissonner les pétales, et pourtant, comme s'ils craignaient une attaque inopinée, ils battent encore légèrement des ailes. On serre fort le levier qui, si on ne fait pas attention, risque de s'en aller dans une direction imprévue, en se demandant jusqu'au dernier moment si vraiment on ne se trompe pas, si le caractère que l'on vise est bien celui que l'on recherche, et pour couper court à toute hésitation, on frappe en direction du point que l'on vise. La trompe finit par arriver en tâtonnant à l'endroit le plus profond, où elle aspire une goutte de nectar... Ainsi, caractère après caractère, les études des chercheurs universitaires sont imprimées sur le papier.

Les dactylos sont des femmes, et toutes sauf moi, des personnes expérimentées qui ont une carrière de plus de vingt ans derrière elles. Si certaines sont au *Butterfly* depuis le début, il y en a d'autres qui sont arrivées après avoir migré ici ou là dans d'autres sociétés. Est-ce le goût du directeur ? Elles ont toutes les cheveux longs rassemblés en une simple queue de cheval, ne se maquillent pas et sont d'apparence discrète. Ces femmes sont assises devant les machines n° 1, n° 2, n° 3… par ordre d'ancienneté dans leur carrière. Bien sûr, la machine que l'on m'a attribuée est la n° 5.

Au début j'étais inquiète, mais je me suis adaptée au travail plus facilement que je l'aurais imaginé. Avec mon diplôme de niveau supérieur obtenu à l'école de dactylographie que j'avais fréquentée, je n'avais pas de problèmes techniques, il me suffisait donc de m'habituer aux termes médicaux et au style particulier des comptes rendus de colloques.

Néanmoins, pour arriver à saisir les habitudes spécifiques du bureau, il m'a fallu faire des efforts. Par exemple, toutes les deux heures, on nous autorise une pause de seulement dix minutes dans le local où l'on peut faire chauffer de l'eau, mais pas toutes les cinq ensemble, l'habitude veut que nous la prenions l'une après l'autre, dans l'ordre. Parce que le local n'est pas grand. Même alors, il n'y a pas d'échanges de paroles, nous nous faisons signe d'un coup d'œil, et nous nous levons dans l'ordre à partir de la n° 1. Au début, craignant de manquer le signal, j'étais sur le qui-vive et cela me faisait prendre du retard dans mon travail. Mais grâce à ces échanges muets pour toutes sortes de choses, si je ne bavarde pas familièrement avec elles, en contrepartie, je n'ai pas non plus l'occasion d'essuyer des sarcasmes.

Le directeur ne touche jamais aux machines. Je pense qu'il ne sait pas comment s'en servir. De temps à autre, il lui arrive de s'approcher sans raison particulière, mais les deux mains croisées dans le dos, tendant seulement le cou, il se contente de jeter un petit coup d'œil. Ne connaissant pas grand-chose au mécanisme des machines, il doit avoir peur, en intervenant maladroitement, de se coincer le doigt dans les caractères.

Le rôle le plus important du directeur est de répartir judicieusement le travail confié par les chercheurs. Il y a des différences de délai et de calibrage pour chaque manuscrit.

Certains concernent la chirurgie endocrine, d'autres l'hygiène publique. Chaque dactylo a son domaine de prédilection, certaines se distinguent dans les maladies hémorragiques, d'autres aiment tout ce qui se rapporte à la dermatologie, les choses sont ainsi, et il donne le manuscrit à la dactylo la plus appropriée en tenant compte de tous ces facteurs.

Ensuite, il répond au téléphone, tient le registre des dépenses et des recettes, se rend pour affaires au pôle recherche de la faculté de médecine, c'est à peu près tout. Je ne devrais pas le dire, mais en comparaison de notre travail de dactylo, je trouve qu'il est plutôt détendu. Il y a aussi souvent des moments où, profondément enfoncé dans son fauteuil, les yeux fermés, sans rien faire de particulier, il se contente d'écouter nos collations.

J'ai appris une dizaine de jours après avoir commencé à travailler qu'il y avait un autre employé au dépôt. Ce jour-là, le caractère *bi* de *biran* 糜爛, pour inflammation, s'est abîmé.

N'étant pas encore habituée aux particularités propres à la machine n° 5, peut-être avais-je manipulé le levier un peu trop brutalement.

— Allez au dépôt en demander un neuf au gardien des caractères d'imprimerie, m'a dit le directeur.

J'ai été étonnée, parce que jusqu'alors, il ne m'était jamais venu à l'idée que quelqu'un se trouvait au second étage. Je ne l'avais jamais vu, bien sûr, mais je n'avais même jamais entendu de bruits de pas. Mes quatre aînées continuaient leur travail imperturbablement. Comme le directeur me l'avait recommandé, le caractère à la main, j'ai gravi l'escalier poussiéreux conduisant au second étage.

Puisqu'il s'agissait d'un dépôt, j'avais imaginé arbitrairement un endroit vaste et triste, mais en haut de l'escalier, j'ai trouvé une petite pièce comme une salle d'attente dans un dispensaire. Près du mur un tabouret, et juste en face, un comptoir cloisonné comme celui où l'on donne sa carte d'assurance, où l'on reçoit les médicaments. Dans la cloison, une petite ouverture où l'on peut à peine glisser la main. Non seulement elle est fermée, mais avec du verre dépoli, l'autre côté (sans doute le dépôt où sont conservés les caractères d'imprimerie) est invisible. La porte qui se trouve à côté paraît elle aussi fermée à clef.

Je me suis penchée, et j'ai frappé le verre à petits coups de caractère *bi*. Un caractère est un petit bâtonnet carré d'environ trois centimètres de long, avec le caractère chinois gravé en relief à une extrémité. Quand on le tient longtemps, le bout des doigts devient de la couleur du plomb.

— Oui, ai-je entendu un moment plus tard de l'autre côté du verre dépoli.

Une voix calme et réfléchie. Comme si, sachant que je viendrais ce jour-là, il m'avait attendue. Je ne connais pas d'autres gardiens de caractères d'imprimerie, mais je ne sais pourquoi, j'ai pensé qu'il avait une voix convenant parfaitement à la nature de son travail.

— Le caractère est abîmé, ai-je dit.

Pendant tout ce temps, comme si je passais ma langue sur une dent dont l'amalgame serait parti, je ne cessais de titiller avec la chair du bout de mon index la cannelure de la clef *madare* ⌐ du caractère bêtement cassée en son milieu.

La vitre dépolie s'est ouverte en grinçant. Le gardien des caractères était sans doute là, mais sa silhouette restait invisible. J'ai poussé timidement mon caractère *bi* à travers le guichet. Parce qu'intérieurement j'étais inquiète à l'idée qu'il était peut-être en colère de ce qu'une nouvelle recrue ait endommagé un caractère aussi précieux.

— Le *bi* de *biran*, en corps Mincho, hein.

Le ton de sa voix n'avait pas changé. Au moins, il n'avait pas l'air en colère. Par l'ouverture bien trop petite, c'est tout juste si j'apercevais un peu de la chemise bleu ciel qu'il devait porter.

Il a pris le caractère devenu inutilisable, pour l'observer pendant un certain temps. Non, j'ai seulement eu cette impression, en réalité, il ne s'est écoulé qu'un moment de silence.

— Je suis la nouvelle dactylo embauchée tout récemment, ai-je commencé, car même si je ne voyais pas sa silhouette je pensais qu'il était plus poli de me présenter, j'ai peut-être poussé un peu trop fort sur le levier. Je crois que la réaction du ressort est plus forte ici que sur les machines de l'école de dactylographie.

Je n'avais pas de réponse, mais il me semblait que je n'étais pas pour autant ignorée. J'entendais le souffle léger d'une respiration.

— Cela fait déjà trois jours que je tape une thèse au sujet des inflammations de la *portio vaginalis uteri*. Le caractère *bi* se présente tout le temps. Il va falloir aussi que je fasse attention au caractère *ran*, hein.

Alors que j'avais seulement gravi l'escalier sur quelques mètres, je ne m'étais pas rendu compte que le bruit des machines dans le bureau s'était estompé au lointain. Et bien sûr, le brouhaha de la rue n'arrivait pas jusqu'ici. Au fur et à mesure que mes oreilles s'habituaient au calme, le souffle de la respiration se faisait plus net.

— Avez-vous un caractère neuf ?... ai-je questionné.

— Bien sûr, me revint la voix pleine d'assurance, attendez un instant.

L'ombre de la chemise disparut, la sensation de présence s'éloigna. J'ai tendu l'oreille, mais rien ne me parvenait.

— Tenez, je vous prie.

Combien de temps s'était-il écoulé ? Le nouveau *bi* me fut tendu furtivement.

Je ne fis qu'entrevoir la main du gardien. J'ai compris qu'il faisait ce travail depuis longtemps. Parce que le bout de ses doigts était fin, adapté à la manipulation des petits caractères d'imprimerie, et qu'en plus, non seulement sa peau mais aussi ses ongles avaient pris la couleur du plomb.

— Je vous remercie.

Le caractère brillait terriblement comme s'il était mouillé, poli jusque dans les recoins du labyrinthe à l'intérieur de la clef *madare* où il n'y avait pas un point de ternissure. Afin de ne pas le salir, je l'ai saisi précautionneusement par les angles, et je l'ai posé sur ma paume. D'une manière inattendue, j'ai d'abord senti le froid.

Ce froid me rappelait la photographie de l'inflammation jointe à la thèse. La photo qui représente la membrane supérieure de l'intérieur du canal endocervical enflammé, franchissant l'isthme et débordant sur la surface de la *portio* comme de la bouillie de riz trop cuite. Alors qu'en réalité c'est sans doute l'endroit le plus chaud à l'intérieur du corps, sa couleur rouge écarlate fraîche et pure lui donne une beauté glacée. Au point que l'on a l'impression que ce serait dommage de l'enlever en le gelant, le brûlant, ou encore par une opération de résection du cône.

— Quand on le regarde bien, on voit que c'est un curieux caractère, a dit le gardien, il dégage une impression un peu obscène. Surtout la partie supérieure, sous la clef *madare*.

En l'écoutant parler ainsi, j'observais le caractère *bi* sur ma paume.

— N'est-ce pas parce que c'est la même que dans le *bi* d'*inbi*, 淫靡, obscène ?

Du bout de l'index, sur le comptoir, le gardien a tracé les deux caractères chinois anciens pour le mot obscène. Inversés en plus, pour qu'ils soient tournés vers moi.

— Aah mais, c'est vrai.

La trace graisseuse du doigt sur les nœuds du bois du comptoir a disparu comme par enchantement.

— Les traits qui rebiquent partent dans tous les sens, sans aucune cohérence. Je crois que cela montre bien ce qui se passe lorsque par la faute des muqueuses la glisse d'origine vient à manquer.

J'ai senti son regard se tourner vers moi, mais ce n'était peut-être qu'une impression.

— C'est justement pour ça qu'il s'abîme souvent.

La voix du gardien des caractères fut d'abord aspirée par la vitre dépolie avant d'arriver jusqu'à moi à travers le guichet.

— Comparé à cela, le caractère *ran* a des traits réguliers. Il a un petit air affecté. C'est pour ça qu'il s'abîme difficilement.

— Vous préférez les caractères solides ? ai-je questionné à la voix invisible qui parvenait jusqu'à moi.

— Non. Pas du tout. Les caractères qui ont des problèmes, au contraire, me font de la peine et je les chéris. S'ils sont ébréchés, ils deviennent bancals, et j'aime bien aussi les regarder quand l'atmosphère qu'ils dégagent est différente.

Je savais qu'il ne me verrait pas, mais j'ai hoché la tête.

— Revenez quand vous voulez, a dit le gardien.

— Vous avez l'ensemble des caractères ici ?

— Oui, tous les caractères, la totalité.

J'ai serré mon *bi* dans ma main. La vitre dépolie s'est refermée.

A l'automne, avec le début de la saison des colloques, il y a eu encore plus de travail. Depuis ce jour-là, l'occasion pour moi de frapper le caractère *bi* ne s'était plus représentée. Il se tenait sagement dans sa case sur la casse, attendant patiemment son tour de sortie. Chaque fois que le levier passait tout près, je ne pouvais empêcher mon regard d'aller vers lui, et l'espace d'un instant, mon rythme en était troublé. Mais malheureusement, la trompe du papillon ne se tendait pas pour aspirer le nectar de *bi*.

Je me demandais à quelle heure le matin venait travailler le gardien des caractères, et vers quel moment il rentrait chez lui le soir. J'avais beau arriver avec une heure d'avance sur l'horaire habituel de huit heures et demie ou traîner le soir pour ranger et quitter le bureau la dernière, je ne le rencontrais jamais. En haut de l'escalier, c'était toujours silencieux.

Un matin, je me suis aperçue soudain qu'un caractère que j'avais laissé la veille pour je ne sais quelle raison hors de la casse avait retrouvé sa place. En observant mieux j'ai vu que la poussière et les restes de gomme entre les caractères avaient été soigneusement nettoyés. Pas de doute, en l'absence des dactylos, le gardien des caractères descendait au bureau faire son travail. Grâce à lui, chaque matin, nous pouvions travailler dans de bonnes conditions.

Et pourtant, personne ne mentionnait la tâche du gardien des caractères. Et l'on savait encore moins à quoi il ressemblait, son curriculum ou son tempérament. Je savais seulement qu'il était gaucher. C'était sa main gauche qui m'avait tendu le caractère à travers le guichet.

Avec tout ce travail, le rythme de frappe augmenta de plus en plus, et la longueur des ondes qui faisaient vibrer les vitres changea. Les manuscrits attendant leur tour s'empilaient sur les tables. Mais aucun des caractères de mes collègues aînées ne s'ébréchait. Le directeur, comme d'habitude, vivait tranquillement à son rythme. Il tendait l'oreille seulement au moment des collations, mais sans signaler les fautes ni dire ce qu'il pensait, il se contentait d'écouter, les yeux mi-clos.

Comme je m'y attendais, le caractère qui se cassa ensuite fut le mien. Le *kô* de *kôgan* 睾丸, testicule.

— Je suis absolument désolée.
— Non. Vous n'avez pas à vous excuser. Tous les caractères ont leur durée de vie.

Le gardien portait la même chemise bleu ciel que la fois d'avant.

— Il porte des traces de surmenage avec les années. Il est assez usé et noirci.

L'habitude était-elle venue des conversations de part et d'autre du comptoir ? Je pouvais me figurer distinctement sa silhouette en train d'observer le caractère sur sa paume. Les résonances de sa voix qui parvenait à mon oreille se fixaient sur mes tympans avant de se transmettre à ma rétine qui les transformait en images.

— Je me demande combien de dizaines de milliers de fois j'ai tapé le mot testicule, ai-je murmuré.

Je n'avais jamais vu ce caractère dans aucun autre mot que celui-là. Au milieu des innombrables mots de ce monde, ce caractère seul était né pour ce mot et n'avait cessé de lui rendre service.

— Il est pourtant symétrique, équilibré, et paraît robuste...

— Ceux dont la ligne centrale est nette peuvent être plus fragiles qu'on ne le pense. C'est au milieu que se concentre toute la pression.

— Aah, c'est donc ça ?

— Il est d'une facture sublime, comme s'il se dressait tout droit, sortant de terre sans être gêné par quoi que ce soit, et en même temps, il cache une faiblesse, comme s'il suffisait d'un petit coup d'ongle pour qu'il tombe en morceaux.

A partir d'un petit caractère, le gardien peut décrypter toutes sortes d'aspects. En réalité, le *kô* que je lui ai apporté avait seulement la moitié du trait gauche des deux traits centraux ébréchée, mais cela seul suffisait à détruire l'équilibre de l'ensemble. Choqué, recroquevillé, il tremblait misérablement. Au point que j'avais instinctivement envie de le prendre entre mes mains pour lui prodiguer mon souffle tiède.

— On a procédé à l'exérèse de l'épididyme du patient A, ai-je dit en me rappelant la thèse que je tapais un moment plus tôt, on l'a découpé en tranches, on l'a coloré et il est devenu un échantillon.

Le gardien des caractères a hoché la tête. Enfin, je crois.

— En cas de syndrome d'invasion, les spermatozoïdes trouent la paroi des tubes séminifères, provoquant une organisation bourgeonnante d'une partie de l'épididyme, et pour empêcher une tumeur maligne, on a procédé à l'exérèse de l'épididyme gauche... Au moment où je tapais ça, soudain, le *kô* est arrivé en fin de vie.

— Il avait suffisamment travaillé. Ensevelissons-le avec amour.

De part et d'autre de la vitre dépolie, nous avons incliné la tête afin de prier ensemble. Pour l'épididyme du patient A et pour le caractère *kô* blessé.

Pendant la pause dans la pièce où l'on peut faire chauffer de l'eau, ma tasse de café instantané à la main, assise sur un tabouret, je suis restée à épier les bruits du second étage. Mais gênée par le vacarme des machines à écrire, le seul bruit que j'ai réussi à percevoir était le ronronnement du chauffe-eau au gaz, semblable au bruit du vent.

A quoi le gardien passe-t-il son temps dans le dépôt où l'on dit que tous les caractères sont rassemblés ? Grimpé sur une échelle, fait-il le tour de la pièce pour les vérifier, du premier jusqu'au dernier, alors qu'ils remplissent les murs du sol au plafond ? Avec à portée de main une petite brosse pour nettoyer les rainures et un chiffon pour les huiler modérément ?

Si ça se trouve, il y a peut-être des caractères qui ne sont jamais sortis du dépôt. Le tendon qui dirige le mouvement de torsion de la langue ou le sac de derme en forme de pot qui protège la racine du poil, des caractères chinois dissimulés dans des endroits discrets, dont même les médecins ont oublié l'existence, et qui présentent des parties modestes. Des caractères dont aucun papillon vaguant au-dessus de la casse n'a jamais aspiré le nectar.

A l'inverse, on a beau en rajouter encore et encore, il y a aussi sans doute des caractères qui se mettent aussitôt en mouvement. Sans avoir le temps de prendre du repos, le gardien doit les enlever, les inclure dans la machine, et quand après avoir été frappés de nombreuses fois ils sont à bout de force, ils reviennent à nouveau prendre place au creux de sa main gauche.

Mais le gardien, quels que soient les caractères, ne fait pas de discrimination. Il les traite avec égalité. Il les vérifie convenablement un à un, maniant la brosse avec élégance, pour ne pas laisser échapper la moindre poussière dans l'espace le plus exigu. Il les polit avec le chiffon afin que, lorsque leur tour viendra, le papillon puisse dérouler sa trompe jusqu'au fond dans de bonnes conditions.

Au centre du dépôt se trouve une grande table de travail.

Aussi noire de plomb que les doigts du gardien des caractères. Quand il est assis sur la chaise, le guichet en verre dépoli se trouve juste au bout de son regard, de sorte que si une dactylo vient à frapper il le sache aussitôt. Dans le tiroir sont rangées plusieurs boîtes où sont ensevelis les caractères ébréchés. De la taille d'une boîte d'allumettes, elles sont décorées de fleurs séchées, de rubans ou de perles de verre. Il les a faites des ses propres mains.

En début d'après-midi, quand le travail a avancé jusqu'à un certain point, au moment où il est peu probable que des dactylos empruntent l'escalier, assis à sa table, il ouvre le tiroir. En sort une petite boîte, pose un caractère sur sa paume. Là, c'est étrange, parce que, faible et désemparé, le caractère semble demander de l'aide en tremblant.

Il fait courir ses doigts sur le *bi* blessé, sur le *kô* déséquilibré. Caresse les courbes, pince les protubérances, applique sa chair sur les interstices. Il souffle dessus, les réchauffe de ses lèvres, les lèche. Comme il s'attarde minutieusement sur les endroits qui manquent, on dirait que sa langue y adhère et on a presque l'illusion qu'elle ne peut plus s'en détacher. C'est pour ça que sa langue elle aussi a pris la couleur du plomb.

Je ne m'étais pas aperçue que mon café avait refroidi.

— C'est l'heure.

Le directeur venait d'apparaître soudain devant mes yeux. Je me suis levée précipitamment, et du coup, j'ai renversé mon café sur ma jupe. Les dix minutes de pause étaient écoulées depuis longtemps.

— Je suis désolée.

Je me suis excusée à plusieurs reprises et je suis retournée vite fait à mon travail.

Le lendemain matin, je suis arrivée au bureau avec une heure d'avance sur l'horaire habituel. Dans les rues il n'y avait aucune silhouette d'étudiant, tout était calme alentour. Le chapelier était fermé lui aussi. Il faisait froid dans la pièce déserte, les cinq machines à écrire semblaient tapies comme de grosses masses sombres.

Je me suis assise devant la n° 5 et j'ai promené mes yeux sur la casse. Tout était en ordre pour que je puisse tout de suite commencer à taper. Le papier était installé sur le rouleau, le dictionnaire des termes médicaux, la loupe et le liquide correcteur étaient alignés à leur endroit respectif, il restait encore beaucoup de ruban encreur.

J'ai sorti un caractère chinois de la casse. Celui de *chitsu* 膣, vagin. Et avec le bout d'un tournevis, j'ai gratté l'un des traits horizontaux de sa partie droite.

La vitre dépolie s'est ouverte. Il avait toujours sa chemise bleu ciel. J'ai présenté le *chitsu*.

Comme je retenais ma respiration pour ne pas trembler, je commençais à me sentir oppressée. La vilaine plaie infligée s'écrasait, hargneuse, paraissant différente de celles qui s'étaient produites jusqu'alors. S'il émettait des soupçons, comment pourrais-je lui expliquer ?

— C'est *chitsu*, n'est-ce pas ? a dit le gardien des caractères.

Fidèle à son ton administratif habituel.

— Oui, c'est exact, ai-je répondu.
— Il a beaucoup souffert, hein.
— Eeh.
— Il a dû subir une forte torsion.

Il a saisi le caractère dans un geste plein de prévenances, comme s'il voulait atténuer, ne serait-ce qu'un peu, cette torsion. Son profil penché s'était rapproché au point d'effleurer la vitre dépolie. Je le sentais à la température de son corps qui arrivait jusqu'à moi.

— C'est un caractère très tranquille.

Sa voix formait un petit nuage sur la vitre dépolie, mais à peine ai-je eu le temps d'en distinguer la forme qu'il avait déjà disparu.

— Tranquille ? ai-je répété.
— Oui. Il est silencieux, discret, protège l'endroit qui lui a été attribué et ne cherche pas du tout à en sortir. On dirait une créature abyssale dissimulée au fond d'une conque.

J'ai réfléchi aux fonds marins. Alors que je n'y suis jamais allée, me sont venus à l'esprit le toucher granuleux des terres sablonneuses, l'ondoiement de la marée ou l'obscurité des grands fonds que la lumière n'arrive pas à percer. Sa voix qui résonnait là, mouillée, venait coller à mes tympans.

Le vagin est enfoui au fond de la mer. On ne voit pas très bien l'entrée dissimulée par des replis qui se chevauchent. Pourquoi tâtonne-t-il à la recherche de l'endroit alors qu'on ne sent même pas la présence d'un tel conduit enterré ?

— Vous êtes toujours seul dans le dépôt ?

J'ai posé la question alors que je sais bien que personne d'autre que lui ne se trouve ici. Parce que je voulais sentir le plus longtemps possible sa respiration.

— Je me débrouille très bien tout seul.

— Et pourtant vous vous occupez d'un nombre incalculable de caractères.

— Mon travail consiste à leur accorder toute mon attention, d'une manière qui n'appartient qu'à moi.

Il fait courir ses doigts sur le vagin. Le bout de ses doigts experts parvient sans hésitation à l'entrée enfouie dans le sable et se fraie un passage entre les replis.

D'une manière inattendue, se dissimule là une chambre profonde. Des replis beaucoup plus fins que ceux de l'entrée recouvrent en rangs serrés les parois, qui fourmillent d'une vie propre et invitent le doigt à s'enfoncer encore plus.

Est-ce tiède ou froid ? On ne sait pas très bien. Est-ce parce que c'est agréablement tiède ou au contraire parce que c'est trop froid ? En tout cas, on dirait que les sensations sont engourdies. La seule chose que l'on comprend, c'est que c'est mouillé.

Il avance de repli en repli. Il fait glisser le bout de son doigt dans chaque interstice de forme complexe. Pas le moindre creux ni la moindre aspérité n'échappent à son regard. Le doigt couleur de plomb du gardien des caractères s'empare de tout, caresse, appuie, tord.

Bientôt le doigt ne va pas tarder à arriver à la trace de ce qui a été enlevé. Je sais que cet endroit seul pourra recevoir de l'amour. Pensant à cela, je ne peux plus attendre, et involontairement je pousse un cri. La vitre dépolie tremble. Mais il n'y a pas à s'inquiéter. Parce que de toute façon, tout disparaîtra dans le bruit des machines.

LE CROCHET ARGENTÉ

Le *marine liner* parti de la gare d'Okayama avance pendant un certain temps dans un paysage champêtre ordinaire. Les plants de riz qui frémissent au vent, les bicyclettes qui roulent sur les chemins entre les rizières, la piscine d'une école où personne ne nage défilent et disparaissent derrière la vitre. Il n'y a pas beaucoup de monde dans le train de ce jeudi après-midi. Tous les passagers sont sagement assis à leur place.

La vieille dame en face de moi, peu après le départ du train, s'est mise à faire du crochet. Sa pelote de coton blanc sur les genoux, un crochet argenté dans la main droite, elle tortille le fil autour de son doigt à une vitesse folle. Est-ce une couverture pour bébé ? un gilet pour son époux ? Ceux qui tricotent le font toujours pour quelqu'un d'autre qu'eux-mêmes.

Ma grand-mère maternelle, qui vivait à Takamatsu, était douée pour le tricot. Parmi ses cinq enfants, ses neuf petits-enfants et bon nombre de ses proches, il n'y en avait pas un qui n'eût jamais porté quelque chose qu'elle avait fait. Assise d'une manière traditionnelle sur un petit coussin plat, le dos courbé, détordant parfois le fil emmêlé, comptant les points de l'extrémité de son aiguille, elle bougeait les mains sans repos.

J'ai encore une photographie prise sur le pont du ferry entre Uno et Takamatsu. Je suis en *jumper skirt* de dentelle crème, et mon frère cadet à côté porte des *rompers* marron faits à partir d'un gilet détricoté de notre papy. On ne la voit pas parce qu'elle est cachée sous ma jupe, mais ma culotte de laine a dû aussi être faite à la main par ma grand-mère.

A partir d'un simple brin de laine, comment pouvait-elle dessiner d'aussi jolis motifs ? Cela me paraissait curieux. En plus, ses vieilles mains étaient douloureusement déformées.

— Mamie, moi aussi je veux en faire.

J'avais essayé plusieurs fois, mais ça n'allait jamais dès le départ pour enrouler la laine. J'attendais les doigts maladroitement écartés que ma grand-mère y accroche lentement le brin de laine.

— On l'enroule une fois comme ça autour du petit doigt, on le passe par ici, et à l'endroit de l'index, on change de direction…

Ses mains, au toucher, paraissaient encore plus vieilles.

Finalement j'étais si maladroite que c'est tout juste si j'arrivais à faire une chaînette avec des restes de laine. Je continuais à tricoter cette unique chaîne, infiniment longue, qui ne servait à rien. Ma grand-mère daignait me complimenter d'un :

— Tu es une enfant persévérante.

Le train qui avait dépassé la gare de Goshima allait franchir le tunnel du mont Washiyu. Le champ de vision s'ouvrit soudain, le grand pont de Seto sauta aux yeux. En même temps que la mer s'étendait derrière la vitre. Du wagon jusqu'alors tranquille s'échappaient des petits cris d'admiration, tandis que les passagers approchaient leur visage des fenêtres pour regarder la mer.

Quand le train commença à traverser le pont, le rythme des vibrations changea, comme si la machine ralentissait sans le vouloir. Il n'y avait pas de vagues, les bateaux qui flottaient entre les chapelets d'îles semblaient somnoler.

Seule la vieille dame en face de moi n'arrêtait pas de bouger les mains. Dans la réverbération du soleil sur la mer, le crochet argenté étincelait.

— Vous allez jusqu'à Takamatsu ? me demanda-t-elle.

— Oui, lui répondis-je, pour la cérémonie bouddhiste du treizième anniversaire de la mort de ma grand-mère.

Dès qu'on avait traversé le pont, Takamatsu était tout de suite là.

BOÎTES DE PASTILLES

L'homme pendant quarante ans n'a conduit que des autobus. Autocars de tourisme, longue distance de nuit, autobus circulaire, et depuis ses soixante ans, il y a cinq ans, un autobus d'école maternelle.

Les enfants s'agitent tout le temps, crient, le chauffeur ne peut absolument pas relâcher sa vigilance. Exactement comme si c'était son véritable nom, ils l'appellent familièrement le "papi du bus", veulent toucher le volant, le frein à main ou sa casquette d'uniforme.

— Tiens-toi tranquille, c'est dangereux, essaie-t-il de dire, en général sans résultat. La main d'un enfant effleurée soudain est si petite qu'il en reste sans voix. L'homme n'a jamais eu d'enfants. Depuis qu'à la quarantaine sa femme est partie la première, il vit seul.

Le plus ennuyeux, c'est quand ils pleurent. Ils éclatent en sanglots bien trop facilement.

— Allons, ne pleure pas. Si tu t'arrêtes, je te donne une pastille. Quel goût tu aimes ? Fraise, raisin, pêche, chocolat, menthe ?

— Raisin.

— Bon. Je vais me concentrer pour que ce soit du raisin. Allez, tiens.

L'homme secoue la boîte métallique, fait tomber une pastille sur la paume de la main de l'enfant.

— Tu vois, regarde. Comme tu es gentil, tu as eu du raisin comme tu voulais.

L'enfant s'arrête aussitôt de pleurer. La pastille gonflant sa joue, il retient ses larmes et sourit.

L'homme a acheté cinq boîtes de pastilles, les a toutes vidées, les a remplies des pastilles du même parfum et les a dissimulées dans les poches de son uniforme. La fraise et le raisin dans les poches droite et gauche de son blazer, la pêche et le chocolat dans celles de son pantalon, la menthe dans sa poche intérieure car c'est rare que les enfants aiment la menthe.

Ainsi, en entendant les pastilles s'entrechoquer, *kata kata*, dans ses poches, l'homme conduit son bus.

LE CAMION DE POUSSINS

La nouvelle chambre que louait l'homme se trouvait à l'étage d'une maison particulière où vivaient seules une veuve de soixante-dix ans et sa petite-fille. L'endroit était peu pratique par rapport à son travail en ville, il devait faire un trajet de plus de quarante minutes à bicyclette, mais considérant qu'il avait été chassé pour une broutille par le propriétaire de l'appartement où il avait vécu jusqu'alors, il n'était pas en position de faire le difficile.

La vieille maison, dont le toit de tuiles orange et la cheminée servaient de points de repère, donnait sur un chemin de campagne se faufilant entre les potagers et les vergers. Il n'y avait pas d'autres locataires, on lui avait attribué les deux pièces situées à l'étage. Par la fenêtre donnant au sud, il voyait les pruniers s'étendre à perte de vue au-delà du canal d'irrigation.

La veuve était une femme rude et revêche, qui travaillait au centre tout proche de vente des produits agricoles géré directement par la coopérative. Elle était potelée comme un bébé, et devait souffrir d'une maladie chronique du cœur, car elle était continuellement essoufflée.

L'homme était portier dans l'unique hôtel de la ville. Depuis son adolescence et pendant quarante ans, il n'avait cessé de se tenir dans l'entrée de l'hôtel, et il n'allait pas tarder à atteindre la limite d'âge. Accueillir les clients, porter les bagages, guider les voitures, nettoyer les tapis de l'entrée, faire briller les vitres de la porte à tambour, retenir les taxis, mettre les bagages dans le coffre, dire au revoir aux clients. C'était son travail.

Il pouvait dire que sa nouvelle chambre, dans l'ensemble, était assez confortable. Elle était plus grande que son ancien appartement, bien aérée, et en plus le loyer en était moins cher. Le seul souci, c'était la petite-fille de la veuve.

C'était une fillette de six ans, plutôt maigre, avec de grands yeux noirs. Elle portait toujours une jupe à bretelles trop courte et des chaussettes blanches, et ses cheveux formaient deux longues tresses qui pendaient sur ses épaules.

Elle était entrée pour la première fois dans la chambre de l'homme le lendemain de son emménagement, alors qu'il n'avait pas encore entièrement défait ses bagages. Son slip qu'il avait mis à sécher sur le bord de la fenêtre avait été emporté par le vent, elle se trouvait dans le jardin, l'avait ramassé et était venue le lui rapporter.

Au début, tête baissée, elle pliait le slip en deux, puis à plat en forme de triangle, avant de le déplier à nouveau, debout à l'entrée de la chambre. Même s'il s'agissait d'une enfant de six ans, voir ainsi sous ses yeux tripotés ses propres sous-vêtements lui fit une drôle d'impression.

— Aah, merci beaucoup, lui dit-il, pensant qu'il fallait avant tout la remercier.

Mais il eut beau attendre, il n'obtint pas de réponse. La petite fille pencha la tête encore plus, la vitesse avec laquelle elle pliait et dépliait le slip ne faisait qu'augmenter, et elle n'avait pas l'air de vouloir le lui rendre.

Sa voix avait-elle été trop faible, à moins que ce nouveau locataire ne lui plaise pas, ou qu'elle ait envie de ce slip ? L'homme n'en savait rien du tout.

Tout d'abord, pour lui, l'existence des enfants elle-même était une énigme. Il n'avait ni petit frère ni petite sœur, pas de petits cousins non plus, et n'avait jamais été père. Lorsqu'il avait commencé à travailler à l'hôtel, il avait reçu une formation concernant l'approche des jeunes enfants, mais à ce moment-là, ils avaient utilisé des poupées de paille.

— Tu es venue exprès pour me le rapporter. Je suis désolé, tu sais.

Pour toute réponse, elle a levé la tête, l'a regardé droit dans les yeux. L'homme a reculé d'un pas. Doucement, elle a déposé sur le coin du lit le slip plié encore plus petit.

— Désormais, je vais vivre ici. Je compte sur toi.

Afin de montrer qu'il n'était pas du tout quelqu'un d'impoli, il s'était exprimé avec toute la courtoisie qu'il avait adoptée en tant que portier d'hôtel. Mais la petite fille, toujours silencieuse, se glissa près de lui et s'en alla. Le slip qu'elle avait abandonné là était complètement froissé.

Lorsqu'il rentrait après son travail, il ne se changeait pas, et restait un moment assis à la fenêtre à regarder dehors. C'est ainsi, en redressant la tête pour regarder au lointain, qu'il mettait un point final à la journée qu'il avait passée à baisser la tête devant les gens.

La nature de son travail faisait qu'il rentrait à des heures différentes, parfois dans l'après-midi, parfois en pleine nuit. Quand la veuve était là, en général elle rouspétait après sa petite-fille ou bavardait longtemps avec quelqu'un au téléphone et il entendait sa voix joyeuse. Quand des odeurs de cuisine lui parvenaient en même temps que des bruits de vaisselle entrechoquée et de casseroles, il imaginait dans sa tête le menu du jour. Viande hachée panée, chou farci, omelette, beignets de crevettes…

Puisqu'il prenait ses trois repas à la cantine des employés de l'hôtel, il n'avait aucun lien avec la cuisine de la veuve. Mais contrairement à son caractère rude, il pouvait amplement savoir, à partir des odeurs, combien sa cuisine était délicate et délicieuse. Les coudes appuyés sur l'encadrement de la fenêtre, tout en évoquant les injures, claquements de langue, réclamations et autres réprimandes de la journée qu'il avait essuyées de la part des clients et de ses supérieurs, il se représentait la veuve et la fillette en train de dîner modestement juste sous ses pieds.

Ou alors, au cas où elles étaient déjà endormies, il gravissait l'escalier prudemment, en faisant attention à ne pas faire de bruit, ouvrait sa fenêtre, et n'en finissait pas de contempler les ténèbres. Il lui arrivait aussi de boire seul un whisky. Au début c'était tout noir et il ne voyait rien, mais petit à petit dans un coin de son champ visuel, le contour de toutes sortes de choses se mettait à ressortir. Les rosiers grimpants le long des pilastres de l'entrée, la bicyclette et le tricycle posés l'un à côté de l'autre, la lune oscillant à la surface du canal d'irrigation, les prunes qui se découpaient d'une teinte plus sombre. Alors qu'il fixait toutes ces choses, les incidents de la journée s'éloignaient, remplacés par le monde de la nuit, et il sentait qu'elle le prenait gentiment dans ses bras.

Ce n'est qu'au bout de dix jours, au moins, après son emménagement qu'il apprit que la petite fille ne parlait jamais à personne.

— N'allez pas penser que si elle ne vous salue pas, c'est parce que je l'ai mal éduquée, hein, lui dit la veuve alors qu'il était en train de huiler sa bicyclette dans la cour. Autrefois, elle parlait correctement. Comme les enfants ordinaires, elle a commencé par dire aah aah, ouh ouh, puis mamma, mama, papa. Même si on ne savait pas où se trouvait son papa qui avait quitté la maison. Non, peut-être même mieux. Les livres d'images, elle les lisait sans difficulté, et les chansons pour enfants, elle les chantait bien.

Alors qu'il ne lui avait rien demandé, la veuve s'était mise à parler d'elle-même. Elle avait dû raconter la même histoire à tout le monde, car elle parlait avec aisance.

— Mais il y a tout juste un an sa mère est morte, et à partir du jour où je l'ai recueillie, elle n'a plus dit un mot. Je pensais qu'elle avait peut-être quelque chose de bloqué dans la gorge et je l'ai même emmenée chez l'oto-rhino-laryngologiste. Je l'ai fait examiner par un psychiatre je ne sais quoi et je lui ai fait un jardin miniature. Les massages à la serviette sèche, la pression des doigts, les aiguilles, boire son urine, jeûner, rien n'y a fait. Cette année, elle est entrée à l'école primaire, mais elle n'y est allée que trois jours. Alors, quand on en arrive à ce point, vous ne croyez pas qu'il n'y a pas d'autre moyen que d'attendre que ça vienne d'elle, l'envie de parler ? J'ai même oublié comment était sa voix, vous savez.

La veuve a soupiré, puis elle a jeté un coup d'œil à sa petite-fille, assise sur une souche au bord du chemin vicinal. Se rendait-elle compte ou pas qu'elle était le sujet de la conversation ? Elle dessinait innocemment sur le sol avec une petite branche.

— Bon alors, le loyer de ce mois, je ne vais pas tarder à vous le demander.

Ayant dit ce qu'elle avait à dire, la veuve rentra chez elle.

Ensuite, l'homme resta un moment à entretenir sa bicyclette. Celle-ci, en réalité, n'avait pas besoin d'être entretenue, mais maintenant qu'on lui avait décrit, rien qu'un peu, le passé de la petite fille, pendant qu'il réfléchissait pour savoir s'il pouvait l'ignorer complètement, ou si, comme il le pensait, cela allait à l'encontre de la politesse, il avait laissé passer le bon moment pour s'en aller. En ce début d'après-midi au temps magnifique sans l'ombre d'un nuage, le verger de pruniers était environné d'une lumière éblouissante.

A ce moment-là, un petit camion apparut au loin sur le chemin. Se prenant les roues dans les ornières, il avançait poussivement en bringuebalant. Sortant peu à peu du nuage de poussière et de la lumière du soleil, il se rapprochait avec un chargement serré, doux et vaporeux, aux couleurs variées.

L'homme et la petite fille se levèrent en même temps. Ce chargement, peu assorti à l'aspect vieillot du camion, était coloré de jolis motifs marbrés de rose, de jaune, de bleu et de rouge mêlés. De plus, les motifs bougeaient continuellement, sans s'arrêter un seul instant. Bientôt leur parvinrent des piaillements tellement bruyants qu'ils recouvraient le bruit du moteur. Et le camion, passant entre l'homme et la petite fille, continua sa route.

Des poussins ?... murmura-t-il. Ils allaient sans doute être vendus dans une fête quelconque aux abords d'un temple. Les piaillements, même après que le camion se fut éloigné, arrivaient jusqu'à eux portés par le vent. La petite fille, sur la pointe des pieds sur la souche, observait fixement le bout du chemin. Les motifs marbrés devinrent un point, et quand ils finirent par disparaître tout à fait, elle se dressait encore, l'oreille aux aguets.

Le calme revint alentour, la poussière retomba, et lorsqu'elle redescendit enfin de la souche, leurs regards se croisèrent par hasard. De nouveau il fut sans raison décontenancé, et pour ne pas se trahir, serra le chiffon taché d'huile de machine. Toujours silencieuse, elle soutint son regard.

C'étaient des poussins ? Des poussins, hein. Aah, oui. Des poussins. C'est vrai que c'en était, hein. C'étaient des poussins je sais.

A cet instant, entre eux, il n'y eut pas de gestes, et bien sûr pas de mots non plus, mais un arc-en-ciel du nom de poussin. La petite fille parut satisfaite, elle effaça avec sa chaussure de gymnastique le dessin sur le sol, secoua la poussière de sa jupe, et traversa le jardin. La regardant s'éloigner, l'homme actionna doucement, uniquement pour lui, la sonnette de sa bicyclette.

Un jour, rentrant à l'aube après une nuit de travail, l'homme trouva la petite fille assise au milieu de l'escalier.

Il savait que même s'il lui disait bonjour, il ne recevrait pas de réponse. L'espace trop étroit ne lui permettait pas de passer sur le côté pour monter à l'étage. S'il lui demandait en s'excusant de se pousser et si elle l'ignorait, la situation deviendrait de plus en plus embarrassante. Mais d'abord, pourquoi était-elle assise en cet endroit ? Si ça se trouve, peut-être l'avait-elle attendu ? Mais non, où était la nécessité de l'attendre ? Qu'avait-elle à faire avec quelqu'un comme lui ?

L'homme multipliait les questions et les réponses à lui-même. Il ne savait pas pourquoi, en présence de cette petite fille, il réfléchissait à tant de choses inutiles. Et il trouvait injuste que pendant ce temps-là elle parût ne souffrir de rien. Le soleil du matin qui entrait par la faîtière tombait exactement sur elle. La veuve était sans doute déjà partie à son point de vente, car la maison était silencieuse.

La petite fille, brusquement, lui tendit sa paume. Parce qu'il n'y avait pas de préambule avec des mots, pour lui, tout ce qu'elle faisait était brusque. Sur sa paume était posée une mue de cigale.

Oui, il n'y avait pas d'erreur. C'était bien une mue de cigale. L'homme d'un regard fixe le vérifia. S'il fallait à partir de cela deviner quelque chose, il s'agissait certainement d'une question ardue. Il pouvait d'abord penser à une salutation concernant le climat, car c'était déjà la saison où chantaient les cigales. Les enfants étaient bien capables de saluer en tenant compte du climat. A moins qu'elle n'ait voulu lui montrer de quoi elle était capable ? Elle était fière d'avoir trouvé la première cigale de l'année. Ou alors, il se pouvait qu'elle eût voulu le surprendre ? En lui montrant soudain quelque chose de sinistre, avec l'arrière-pensée de lui faire peur, de se moquer des adultes. Dans ce cas, n'était-ce pas trop tard ? Il n'avait pas du tout été surpris.

En regardant mieux, il s'aperçut que la main de la fillette était vraiment petite. Encore plus petite que tout ce qu'il connaissait. La surface de sa paume était à peine assez grande pour contenir la dépouille, la taille de ses doigts faisait se demander avec inquiétude s'ils lui étaient d'une quelconque utilité, et jusqu'à ses ongles comme inexistants aux yeux d'un presbyte. Mais curieusement, elle avait malgré tout la même forme que celle d'un adulte, ses articulations bougeaient, elle avait des empreintes et des lignes.

A partir de l'aspect de sa main, l'homme comprit progressivement que la mue de cigale n'était ni une simple salutation ni une menace. Sa paume était tendue comme si elle faisait tout pour ne pas abîmer ne serait-ce qu'une patte de la mue, et elle serrait fort les lèvres pour éviter que sa respiration la fasse s'envoler. Pour elle, c'était une mue très précieuse.

La petite fille la présentait au niveau de son torse.

— Tu me l'offres ?

Elle acquiesça. Il la prit entre le pouce et l'index avec beaucoup de précautions. Elle était si légère qu'il crut s'être trompé et avoir pris son doigt. Il n'eut pas le temps de la remercier qu'elle descendait déjà l'escalier en courant.

L'homme posa la mue de cigale sur le rebord de sa fenêtre, et après l'avoir observée un moment, il se glissa dans son lit et s'endormit.

Le moment que l'homme préférait parmi ceux qu'il passait près de la fenêtre était celui qui précédait l'aube. L'obscurité se dissolvait petit à petit à partir de la bordure est du ciel qui commençait à se teinter d'une sensation lumineuse. Les étoiles s'éteignaient l'une après l'autre, la lune s'éloignait. Alors que le monde s'apprêtait à changer d'une manière aussi audacieuse, il n'y avait pas un bruit. Tout se modifiait dans le calme.

Imitant la petite fille, il posa la mue sur sa paume. S'agissait-il d'un présent ? L'homme posa la question au calme qui précédait l'aube. Il essayait de se rappeler si dans le passé il avait déjà reçu un cadeau de quelqu'un. Il ferma les yeux pour essayer de réveiller sa mémoire. Mais aucun souvenir ne lui vint.

C'est pourquoi il ne put apprécier correctement si cette mue de cigale était oui ou non un présent. Ce serait grave si lui-même était persuadé qu'il s'agissait d'un cadeau alors que ce n'était pas du tout dans l'intention de la petite fille, aussi faisait-il le maximum pour ne pas réfléchir à cette dépouille, mais quand il s'asseyait sur le rebord de la fenêtre, il finissait toujours par la poser sur sa paume.

Il ne s'était pas aperçu que toutes les étoiles avaient disparu et que l'embrasement du matin était sur le point de s'étendre. Un ou deux traits ténus de lumière naissante éclairaient le verger. Mais le calme, protégé par les vestiges de la nuit, était au creux de la main de l'homme. Il fallait encore un peu de temps avant que le soleil du matin n'illumine la dépouille.

Après la mue de la cigale, la petite fille apporta celle d'une nymphe de libellule. Ensuite, une coquille d'escargot, suivie d'un sac de psyché *minomushi*, d'une carapace de crabe. Le clou de la collection fut une mue de serpent *shimahebi* de deux centimètres de diamètre et d'une longueur totale de cinquante centimètres, qui à elle seule occupa près de la moitié de l'espace disponible. De jour en jour, le rebord de la fenêtre s'enrichissait de toutes ces dépouilles.

La petite fille les regardait d'un air satisfait. Ils prirent l'habitude de passer tous les deux de temps à autre un moment près de la fenêtre. La petite fille s'asseyait brusquement devant la collection, et l'homme restait là debout les bras ballants, ou lui servait un jus de fruit.

Au début, l'homme était ennuyé de ne pas savoir comment passer le temps avec un être humain dont il était séparé par une si grande différence d'âge et qui en plus ne parlait pas, mais il trouva aussitôt la manière. Il suffisait d'observer les mues. Ainsi rien ne leur manquait.

Plus il observait chaque dépouille, plus il faisait de nouvelles découvertes. Ce qui l'étonna en premier, fut que la mue gardait la facture délicate de l'animal qui s'en était extrait. Des rides incrustées sur le ventre des cigales jusqu'aux poils serrés à l'extrémité de la tête. Des orbites transparentes des nymphes aux motifs entrelacés qui ressortaient sur les ailes. Elles conservaient dans le détail la forme de la créature qui avait vécu autrefois à l'intérieur. Les nerfs allaient jusqu'aux extrémités. Même si de toute façon elles étaient destinées à être abandonnées, aucun endroit n'était laissé au hasard.

De plus, tout en étant à ce point délicates, elles ne présentaient aucune égratignure. Sauf une coupure comme une fermeture à glissière au milieu du dos, nulle part ce n'était déchiré ni arraché. Celle du serpent *shimahebi* était complètement retournée sens dessus dessous, les motifs se retrouvant à l'intérieur comme par enchantement.

L'homme pensa qu'il était impossible pour un être humain d'enlever un vêtement d'une manière aussi habile. Cela sans aucun doute était un prodige qui donnait tout son prix au cadeau, se disait-il, sa conviction devenant de plus en plus profonde.

Mais il ne disait rien à la petite fille de toutes ces considérations. Pas parce qu'il ne pouvait pas obtenir de réponses, mais parce qu'il avait l'impression que la relation était plus équilibrée entre eux s'il ne parlait pas. Même sans parler, près d'elle, il sentait qu'elle faisait les mêmes découvertes que lui au sujet des dépouilles.

Elle les titillait de l'index, les exposait à la lumière, flairait leur odeur. Elle se plongeait un instant dans ses réflexions, et ses lèvres esquissaient un sourire. A chacun de ses mouvements, les nœuds de ses nattes oscillaient sur ses épaules. Après avoir bien observé les dépouilles, l'homme les remettait en place en faisant attention à ne pas se tromper dans l'ordre et leur orientation.

Comme pour les mues, l'homme allait aussi de découverte en découverte au sujet de la fillette. Sa petitesse ne se cantonnait pas à ses mains, elle s'étendait à toutes les parties de son corps. Son nez, ses oreilles et son dos, simplement parce qu'ils étaient petits, faisaient sentir que Dieu y avait apporté un soin particulier. Ses cheveux sentaient bon. Le noir de ses pupilles était si profond qu'on en aurait presque oublié qu'ils étaient là pour voir quelque chose. A la pensée que lui aussi, à l'âge de six ans, avait peut-être été comme ça, sans raison il se sentait malheureux.

— Où es-tu donc ? Viens, le repas est prêt.

De sa cuisine, la veuve appelait la petite fille.

Lorsque le camion de poussins passa pour la deuxième fois sur le chemin vicinal, la petite fille se trouvait justement dans la chambre de l'homme. A la simple vibration chaotique du moteur, ils comprirent aussitôt ce qui était en train d'approcher. L'homme ouvrit la fenêtre.

Le plateau était pareillement chargé à ras bord de poussins multicolores. Ils entendirent aussi leurs piaillements. Le visage de la petite fille s'éclaira, elle se dressa au maximum sur la pointe des pieds. Sa jupe à bretelles remonta, et l'homme se sentit très inquiet à l'idée qu'on pourrait voir sa culotte. Mais la fillette qui ne s'en souciait pas le moins du monde se penchait à la fenêtre, essayant de se rapprocher le plus possible des poussins. Pour l'empêcher de tomber, l'homme la retenait par la ceinture de sa jupe.

Les poussins, hein. Aah, c'est vrai, les poussins.

Puisqu'il s'agissait de la deuxième fois, il leur avait suffi d'un bref échange de regards de confirmation. La petite fille, agrippée à la rambarde, paraissait ne pas vouloir gaspiller le moindre clignement de paupière. Dans le paysage, seul le chargement de ce camion était extraordinaire. Les duvets baignés de lumière étaient un champ de fleurs, les gazouillis s'élevaient dans un chœur d'allégresse.

Mais l'homme le savait. Que les poussins colorés ne pouvaient pas vivre longtemps. Au milieu de la foule des jours de fête, dans la lumière des lampes halogènes, ils étaient poussés sans ménagement dans des boîtes exiguës. On les prenait brutalement par le cou, on tirait sur leurs pattes. Ceux qui les avaient achetés s'en lassaient aussitôt, les couleurs de leur duvet finissaient par s'estomper, ils dépérissaient, couverts de fientes. Ou ils étaient mangés par le chat. Ceux qui n'avaient pas été vendus gisaient asphyxiés dans un coin de la boîte.

A ce moment-là pour la première fois, l'homme pensa qu'il était heureux que la petite fille ne parlât pas. Si elle lui avait demandé où allaient les poussins, il aurait sans doute été embarrassé pour lui répondre. Ne sachant pas s'il fallait lui dire la vérité ou lui mentir, il en aurait certainement été troublé.

Mais puisqu'ils ne parlaient pas, dans les pupilles noires de la fillette, les poussins pouvaient aller n'importe où. Au paradis où menait l'arc-en-ciel, faisant battre leurs ailes aux jolies couleurs, ils vivaient éternellement heureux.

La petite fille avait choisi un œuf comme nouvel objet de sa collection. Lorsqu'elle arriva à l'étage avec une boîte à couture et l'œuf, il ne comprit pas son intention. Au début, il crut qu'elle voulait le faire éclore pour obtenir un poussin. La petite fille sortit une aiguille de sa boîte à couture et fit le geste de piquer la coquille.

Aah, tu veux faire un trou dans l'œuf avec l'aiguille pour en aspirer l'intérieur, hein. Je vois. Une coquille d'œuf est aussi une magnifique dépouille.

L'homme se mit aussitôt à l'ouvrage. Jusqu'à présent, la petite fille avait trouvé et apporté seule tous les objets de la collection. Mais cette fois-ci, il s'agissait d'une tâche faite en commun. Son travail devenait important. Il lui fallait préparer une dépouille aussi magnifique que les mues de cigales ou de nymphes. C'est pourquoi l'homme y mit toute son énergie.

Pour que le trou se voie le moins possible, il perça la coquille avec beaucoup de minutie, posa délicatement ses lèvres dessus. La petite fille, assise au bord du lit, observait fixement le déroulement de l'opération. A vrai dire, il n'aimait pas tellement les œufs crus, mais devant le regard plein d'espoir de la fillette, il ne pouvait quand même pas faire la grimace. Ça va, ça va. Laisse-moi faire, telle était l'attitude qu'il conservait.

Bientôt, le contenu gluant à l'odeur fade coula dans sa gorge. La coquille était froide et râpeuse sur ses lèvres. Contenant son envie de vomir, il se força à l'avaler sans se donner le temps d'y goûter. Dans l'espace entre sa bouche en cul de poule et la coquille, de l'air s'échappa qui fit un drôle de bruit.

Petit à petit, l'homme avait l'impression de devoir avaler un poussin mort un jour de fête. Maintenant, il procédait à la cérémonie funèbre du poussin mort solitaire au terme d'un transport au loin, après avoir été coloré et serré au maximum pendant le transport. Faisant attention à ce que la fillette ne s'en aperçoive pas, il l'inhumait discrètement dans un champ de fleurs.

Les yeux fermés, il avala tout jusqu'à la dernière goutte. La petite fille qui balançait ses jambes sur le lit battit des mains. Il ne restait plus entre eux qu'une petite coquille blanche. L'homme l'ajouta à la collection sur le rebord de la fenêtre. L'œuf aussitôt se mêla habilement aux autres dépouilles. Les applaudissements de la fillette augmentèrent.

L'homme continuait comme d'habitude à se tenir debout dans l'entrée de l'hôtel. Il roulait à bicyclette pendant quarante minutes, passait son uniforme au vestiaire, se postait devant la porte tournante. Quand un taxi s'arrêtait, il prenait les bagages des mains des clients et demandait : "Vous avez réservé une chambre pour aujourd'hui ?" Pendant qu'il les emmenait jusqu'à la réception, de nouveaux clients arrivaient. L'homme toute la journée ne faisait qu'entrer et sortir dans le hall. Personne ne le regardait, personne ne se rappelait son nom. Très rarement, un client s'adressait à lui pour lui dire : "Merci", et chaque fois l'homme se demandait ce qui lui valait de se voir remercier ainsi.

Tous ses collègues portiers étaient beaucoup plus jeunes que lui. Ils étaient plus forts, plus beaux, leur uniforme leur allait bien. Il avait beau les retrouver à la salle à manger ou au vestiaire, il ne bavardait pas avec eux. Ils ne s'adressaient à lui que lorsqu'ils voulaient échanger leur poste de travail.

Depuis qu'il avait emménagé dans sa nouvelle chambre, une seule chose avait changé. Quand des clients arrivaient avec des enfants, il les comparait involontairement avec la fillette. Celui-ci était-il à peu près du même âge ? Non, si l'on tenait compte de l'ours en peluche qu'il serrait dans ses bras, il devait être plus petit. Et celui-là qui court dans le hall. Ce n'est pas possible. Même pour un enfant, il n'est pas assez raisonnable. La petite fille, elle, serait bien sûr certainement capable de rester assise sur le sofa tranquillement plusieurs dizaines de minutes, le dos bien droit. Et celle-ci ? Pour la taille et le poids, ce doit être à peu près pareil, mais le visage n'est absolument pas ressemblant. La petite fille est bien plus mignonne… C'est ainsi que cela se passait.

Pourquoi la fillette collectionnait-elle les mues ? L'homme ne trouvait pas cela étrange.

Il lui semblait que les dépouilles lui convenaient beaucoup mieux que les peluches. Lorsqu'il se la figurait en train de chercher des mues dans le verger ou au bord du canal d'irrigation, les larmes lui montaient aux yeux et il s'affolait malgré lui. Toute seule, avec persévérance, elle écartait les buissons, secouait les branches, retournait la boue. Ses chaussettes blanches se salissaient, ses nattes menaçaient de se défaire. Enfin elle découvrait une dépouille. Tout à l'heure encore il s'agissait d'un être vivant, et maintenant c'était un réceptacle vide, un corps abandonné. A l'intérieur plein de silence. Elle le recueillait, le déposait précieusement dans le creux de sa main, courait jusqu'à l'homme pour lui donner.

La troisième fois, la petite fille, ayant déjà une certaine connaissance du camion de poussins, reconnut le bruit du moteur bien avant son apparition et descendit l'escalier en courant. L'homme lui aussi courut derrière elle. Debout sur la souche, elle se tenait prête à le voir arriver à tout moment.
La fillette ne s'était pas trompée. Tout au bout du chemin le camion arrivait tout droit.
Tu vois bien. J'avais raison.
Elle avait l'air triomphant.
Oui, c'est vrai.
Acquiesça l'homme.
Le plateau du camion se découpait à contre-jour, entièrement rempli par les duvets de

couleurs vives des poussins pressés les uns contre les autres sans laisser aucun interstice. Même un de plus n'aurait sans doute pas eu de place.

Aux yeux de l'homme, le camion paraissait beaucoup plus lent et bringuebalant que d'habitude. A chaque balancement du camion, les piaillements montaient d'un ton, se répercutant comme une vague vers les hauteurs du ciel. Sur sa souche, la petite fille faisait des bonds.

Roule-t-il exprès lentement pour nous laisser tout le temps de regarder les poussins ? Au moment où l'homme pensait cela, le camion passa devant eux, s'écarta du chemin, entra dans les buissons, alla se cogner contre le tronc d'un platane et se renversa. Cela s'était déroulé si vite qu'il n'eut même pas le temps de pousser un cri.

L'homme se précipita vers le camion. Le conducteur s'en extirpait déjà. Du sang coulait de son front mais il avait toute sa conscience.

— Ça va ? Tenez bon. Madame la propriétaire, madame la propriétaire ! Prévenez tout de suite une ambulance !

L'homme appelait à grands cris la veuve qui se trouvait dans la maison. Et avec la serviette qui pendait autour du cou du chauffeur, il appuyait sur la blessure, tandis que de l'autre main il lui frictionnait le corps.

Il releva soudain la tête et vit l'endroit plein de poussins. Ils remplissaient la totalité de son champ de vision. Expulsés soudain du plateau, ils étaient excités, en pleine confusion, désespérés. Certains groupes faisaient sans raison des tourbillons sur place, d'autres agitaient leurs ailes immatures comme s'ils voulaient fuir vers le ciel, d'autres encore, blottis, grelottaient.

Au milieu se trouvait la petite fille.

— Non. Il ne faut pas aller de ce côté-là. Les voitures vont vous écraser. Oui, allez, rassemblez-vous sous cet arbre. Il ne faut pas avoir peur, vous savez. Ça va aller. Les secours vont arriver tout de suite. Il n'y a pas à s'inquiéter.

La petite fille les guida, les réconforta, réchauffa sur son cœur les poussins pétrifiés par la peur. Des plumes multicolores voltigeaient autour d'elle.

Voici le véritable présent de la petite fille, comprit l'homme à ce moment-là. La voix qu'elle lui faisait entendre. C'était précisément cela l'irremplaçable cadeau offert à lui seul.

L'homme fit revivre plusieurs fois la voix de la fillette au creux de son oreille. Elle résonnait à l'infini en son cœur sans être étouffée par les piaillements des poussins.

LA GUIDE

— J'ai vraiment pas de chance, a dit maman en jetant l'allumette dans le cendrier, j'ai fait une bêtise épouvantable.

Chaque soir, en revenant du travail, elle s'asseyait sur une chaise de la salle à manger où, jusqu'à ce que sa cigarette soit réduite en cendres, elle ne cessait de se plaindre. Mais le soupir qu'elle a poussé ce jour-là fut encore plus long et plus triste que d'habitude.

— Qu'est-ce qui se passe ? lui ai-je demandé.

Pas parce que je voulais le savoir, mais parce que je savais à quel point elle pouvait devenir de mauvaise humeur si je gardais le silence alors qu'elle avait tellement envie que je lui pose la question.

— Je l'ai perdu. Mon drapeau de ralliement. Celui que j'ai toujours utilisé, on peut dire qu'il faisait presque partie de moi.

— Où ça ?

— Dans la salle d'attente du bateau-mouche je crois. J'y suis retournée en vitesse pour le chercher, mais je l'ai pas trouvé. Je suis sûre que quelqu'un l'a jeté à la poubelle.

Elle a reniflé pour m'inviter à compatir. Puis elle a écrasé sa cigarette et s'est levée lentement pour préparer le dîner.

Comme elle me l'avait demandé, j'avais lavé et épluché les légumes, vidé et assaisonné les truites. Mais il lui restait à faire bouillir les légumes et à paner les truites pour les faire sauter.

— Tu es trop jeune pour utiliser du feu. Quand je t'imagine en train de faire cliqueter le bouton du gaz, l'inquiétude m'empêche de travailler, prétextait-elle toujours.

Chaque fois que je la voyais debout dans la cuisine, l'air si fatigué qu'on aurait dit qu'il ne lui restait plus du tout d'énergie, je me sentais mal à l'aise. J'étais tourmenté par l'idée que je m'étais occupé de quelque chose qui ne me regardait pas. Les sacrifices commis pour les légumes et les truites (j'avais laissé ma position de second à un élève d'une classe inférieure parce qu'il fallait que je quitte le match d'entraînement avant la fin) m'étaient complètement sortis de la tête.

J'ai mis sur la table les serviettes en papier, les couteaux et les fourchettes, les verres, la bouteille d'eau et le beurrier. Maman et moi nous nous asseyons l'un en face de l'autre, alors je fais scrupuleusement attention à les placer un par un d'une manière parfaitement symétrique. Comme si j'essayais de rattraper un faux départ.

Maman est l'une des deux guides agréés de la ville. Des guides normaux, il y en a autant qu'on en veut, mais il paraît que ce n'est pas si facile de devenir un véritable guide qui a réussi l'examen. Quand elle se présente, elle n'oublie jamais d'ajouter le mot *agréée*.

Il y a près de dix ans, depuis qu'elle m'a emmené bébé après avoir divorcé de papa, qu'elle gagne sa vie en travaillant comme guide. Même si, alors qu'elle a passé un examen aussi difficile, elle se cantonne à la petite ville et aux voyages organisés en autobus qui font l'aller et retour dans la journée. En plus, elle n'est pas employée par une agence de voyages, elle travaille en free-lance, c'est elle qui fait son emploi du temps avec le travail que les bureaux de tourisme lui passent. Parce qu'aucune crèche ne gardait les enfants la nuit et qu'en plus, dès que la saison touristique commençait, j'attrapais la rougeole ou un catarrhe intestinal.

La ville n'est pas un endroit aussi intéressant que ça, et pourtant elle est envahie de voyageurs. Il y a une rivière, une citadelle et un lac, une roseraie. C'est seulement pour ça que les gens veulent se rassembler autour du drapeau de maman pour écouter ses explications.

Pour une guide *agréée*, son drapeau était quand même trop humble, il n'avait rien de particulier. Au bout du manche était cousu un morceau de tissu vert de la taille d'un grand mouchoir. Depuis que j'ai l'âge de raison, il a toujours été le même. Et sa couleur verte était salie par la pluie, la transpiration et les crottes de pigeons. Pour être franc, il en émanait même une drôle d'odeur. Mais si maman d'une voix incisive donnait l'ordre à tout le monde de se rassembler autour d'elle, il était encore capable de rassurer les clients. Il lui était aussi utile pour désigner les objets exposés dans les musées.

On pouvait dire que ce drapeau était pour maman son unique outil de travail. Son emploi du temps, l'origine historique des bâtiments, la surface et la profondeur du lac, l'emplacement des toilettes, le nom des plantes, tout cela elle l'avait en tête. Mais il lui fallait un drapeau pour marquer sa présence, afin que les voyageurs ne se perdent pas. Le matin, quand elle l'enroulait autour du manche pour le glisser dans son sac, c'était le signal qu'elle partait.

Maman n'a jamais essayé de voyager. Elle n'a jamais visité de pays inconnus, ne s'est jamais extasiée devant des paysages peu communs, n'a pas non plus dormi dans des hôtels de luxe. Et pourtant, jour après jour, elle a affaire à des voyageurs au cœur joyeux. Elle marche en leur montrant des choses, leur dit au revoir lorsqu'ils partent pour une autre ville, accueille de nouveaux clients et recommence. Et nous qui restons, finalement, nous ne sommes jamais allés nulle part.

Le lendemain matin, maman a sorti du fond d'une étagère un parapluie pliant cassé, qu'elle a emporté faute de mieux pour le remplacer.

Depuis, il ne s'est passé que des choses malheureuses. Je ne sais pas si c'est en relation avec la perte de son drapeau. Les malheurs n'étaient pas aussi graves que ça, mais les problèmes étaient suffisamment importants pour que le temps qu'elle passait à se plaindre dure le temps de fumer deux cigarettes. D'abord, la star de cinéma qu'elle aimait s'est fiancée avec un mannequin, et c'est sans doute le choc qu'elle a éprouvé qui a réveillé ses névralgies intercostales. Le propriétaire qui était gentil a pris sa retraite, et dès que son fils a pris la relève, le loyer a augmenté. Et moi je suis tombé en faisant la course à bicyclette et je me suis blessé à la tête.

Quand on n'a pas d'entraînement de baseball après la classe, c'est la mode ces derniers temps de faire la course avec les copains sur le parcours établi en ville. On part de derrière l'hôtel S, on suit le chemin de promenade le long de la rivière, on traverse le pont, et après avoir fait tout le tour des venelles tortueuses de la vieille ville, on arrive au but sur la place de l'horloge. C'est un parcours difficile qui requiert de la force dans les jambes, des dérapages contrôlés et de savoir manier le guidon pour éviter les touristes.

Contrairement aux autres, ma bicyclette d'occasion n'est pas à la mode et elle est lourde. Pourtant j'avais confiance dans ma maîtrise des freins jusqu'au dernier instant et en réalité, sur cinq courses, j'avais déjà gagné une fois.

Mais ce jour-là, je crois que j'ai eu un temps de retard pour serrer la poignée. Quand je m'en suis rendu compte, j'avais dérapé et je me cognais dans l'entrée d'un restaurant.

Poussant ma bicyclette dont la chaîne était cassée, je suis allé voir Tatie à la chemiserie. Elle est la seule amie de maman, et elle tient une maison de confection de chemises aux confins de la vieille ville. Elle avait promis de me venir en aide au cas où j'aurais des ennuis en l'absence de maman.

Elle m'a d'abord fait asseoir sur un tabouret au fond du magasin derrière la caisse, et avec la paire de gros ciseaux de son plan de travail, elle a grossièrement coupé mes cheveux collés par le sang.

— Ah non, ne les coupe pas comme ça, me suis-je opposé, mais elle m'a pris par le cou en m'intimant de ne pas bouger.

— Je suis bien obligée, sinon je ne vois pas la blessure.

— Vaudrait mieux qu'elle soit cachée par mes cheveux, maman s'inquiéterait moins.

— Quel menteur. En fait tu veux pas être chauve, c'est ça ? Je te dis de pas t'inquiéter.

Je coupe seulement un tout petit peu les cheveux du dessous.

Elle a désinfecté la blessure avec du coton hydrophile et elle a soufflé dessus pour que ça sèche plus vite.

— Ça saigne plus. C'est pas la peine de recoudre. Bon, alors aujourd'hui on est quel jour ?

— Jeudi, j'ai répondu.

— Bon, alors 63 divisé par 7 ?

— 9.

— Oui, c'est bon. Je crois qu'il n'y a pas de problème à l'intérieur de ta tête.

Elle a frotté mon pantalon plein de poussière, a ouvert une canette fraîche de soda au citron qu'elle m'a encouragé à boire.

Comme le montre le nom abrupt de chemiserie pour le magasin, Tatie est quelqu'un d'assez braque. Elle est trois fois plus grosse que maman, sa voix est basse, et elle ne rit presque jamais. Mais je peux aller lui rendre visite même quand j'ai pas de problèmes, elle m'offre toujours un goûter.

Son magasin ne paraît pas si prospère. Plutôt que l'atmosphère peu aimable qui s'en dégage, je me demande si ce n'est pas parce que ses chemises sont trop originales. Elle ne fait, selon elle, que des "chemises incomplètes".

Bien sûr, on peut les porter. Elle a en abondance des matières et des couleurs de tissu, et sa couture à la machine est solide. Au premier regard, ses chemises sont tout à fait normales. Mais dans un endroit insignifiant est cachée une imperfection dont elle fait l'aumône. Par exemple, une chemise en coton blanc a une poche dans le dos. Ou une autre chemise à col ouvert a un bouton sans boutonnière, une chemise pour femme en denim une capuche inutilisable parce que trop petite... ce genre de chose, quoi.

Quand les gens de la ville parlent de la chemiserie, ils disent ce magasin-là. Dans leur ton, on sent toutes sortes de nuances, comme le ricanement, l'appréhension, la peur ou la curiosité.

— Dis, ton magasin, il rapporte ? lui ai-je demandé un jour, je ne sais plus quand.

— Modérément, m'a-t-elle répondu sans s'interrompre dans son travail, bah, c'est vrai que les gens qui ont besoin de mes chemises ne sont pas si nombreux. Mais il y en a. Il y en a même qui sont persuadés qu'ils ne porteront jamais de toute leur vie une chemise imparfaite et qui un jour, d'une manière totalement inattendue, jettent un coup d'œil à la vitrine. A la recherche d'une minuscule imperfection.

— Hmm.

Je ne comprenais pratiquement rien de ce qu'elle me disait.

— Mais je n'ai jamais vu de clients dans le magasin, avais-je dit pour le prouver, émettant des doutes sans me gêner, comme si de rien n'était.

— Beaucoup de clients viennent discrètement. Il y en a aussi qui envoie leur commande par la poste. Peut-être ne veulent-ils pas que les autres les voient en train de commander une chemise imparfaite.

Elle parlait, et ses gestes étaient délicats et raffinés. Je ne me lassais pas de voir les morceaux de tissu découpés, cousus ensemble, prendre petit à petit la forme d'une chemise. Je me disais que moi aussi j'aimerais au moins une fois utiliser le mètre à ruban, le papier carbone, le dé à coudre et les épingles.

Je voyais bien la quantité de patrons stockés sur ses étagères. Une grande partie était ceux des gens de la ville qui la traitaient d'excentrique. Et je savais aussi que maman, quand elle sortait et qu'elle n'était pas rassurée, comme par exemple quand elle devait négocier avec papa qui n'envoyait pas sa pension alimentaire, portait régulièrement un chemisier de sa chemiserie.

J'ai bu la fin du soda, et j'ai touché ma blessure à la tête. Ça saignait encore un peu.

— Tu le diras franchement à ta mère, hein, m'a-t-elle dit.

— Elle va sans doute m'interdire le vélo pour un moment.

— Puisque la chaîne est cassée. Impossible de monter dessus. J'irai le porter chez le réparateur, alors aujourd'hui, tu rentres en tramway.

— Je rentre à pied.

— Quand on s'est cogné la tête, tu sais, il faut se tenir tranquille. Ne t'inquiète pas pour le prix du billet. Tiens.

Elle m'a donné des pièces, a appuyé un peu partout sur ma tête pour voir s'il n'y avait pas d'autres endroits blessés. Ses doigts épais et tièdes se déplaçaient doucement dans mes cheveux.

"Dimanche prochain, des travaux de sécurité étant effectués sur les câbles électriques, il y aura une coupure d'électricité de douze heures à minuit", disait une circulaire qui nous était arrivée par le propriétaire.
— C'est vraiment ennuyeux.
Maman lavait la vaisselle et je la rinçais.
— Dimanche, malheureusement, j'ai une visite de la région des lacs avec la descente de la rivière.
— Je peux garder la maison, j'ai dit.
La région des lacs et la descente de la rivière étaient, de tous les voyages dont ma mère avait la responsabilité, celui qui requérait le plus de temps, elle revenait le soir après huit heures. Quand j'étais petit, elle faisait venir une baby-sitter ou m'emmenait avec elle sans rien dire, tout en sachant très bien qu'elle contrevenait au règlement. Mais ces derniers temps, elle pouvait rentrer aussi tard qu'elle voulait, je gardais seul la maison.
— Mais l'électricité sera coupée. Le soir, quand il fera noir, tu auras peur et tu vas pleurer.
— Mais non je pleurerai pas. Il y a des bougies.

— Non non non. Les enfants ne doivent pas toucher au feu. Mon cœur s'arrête à l'idée qu'une bougie pourrait tomber et mettre le feu à ton lit.

Alors qu'elle n'avait presque pas fait attention à ma blessure à la tête, maintenant qu'il s'agissait du feu, elle s'inquiétait brusquement.

— Tu n'auras qu'à venir avec moi dimanche. Oui, c'est le plus sûr.

Je n'avais pas envie de passer mon dimanche à descendre la rivière, d'ailleurs j'avais un match de base-ball. Moi aussi j'avais mon programme, et je ne supportais pas de me voir imposer celui de maman. J'étais capable de me servir correctement du gaz et des bougies. Si j'avais des ennuis, j'irais demander de l'aide à Tatie. J'ai protesté, mais cela n'a servi à rien. Quand maman avait ainsi pris des décisions, il était pratiquement impossible de la faire revenir en arrière.

— Tu seras sage, hein. Et surtout, tu salueras poliment le chauffeur du car. Parce que ce serait ennuyeux si tu te le mettais à dos et s'il allait moucharder au bureau de tourisme.

Et elle a projeté la mousse de l'éponge avec encore plus d'énergie.

A l'âge de raison, la première fois que j'avais accompagné maman dans une visite, j'avais passé mon temps à faire le fou. J'étais tout excité à l'idée de pouvoir partir en excursion avec elle. C'était inévitable, puisque j'en étais encore à l'âge où je dormais dans son lit.

Complètement imprégné de l'état d'esprit du voyageur, j'avais acheté un souvenir pour Tatie à la boutique de la gare du téléphérique menant à la citadelle. Un signet avec un brin de muguet séché. Elle l'a toujours, inséré dans son registre de clientèle.

Pendant le travail, maman qui se tenait bien droite avait gardé un joli sourire aux lèvres. Elle paraissait plus belle qu'à la maison. Debout près du siège du conducteur, elle ne perdait pas l'équilibre malgré les coups de freins brusques et prêtait attention à chaque client. Chaque fois qu'apparaissait un point intéressant du paysage à travers la vitre, elle donnait des explications au bon moment. Même à travers le micro de mauvaise qualité, sa voix résonnait distinctement dans tout l'autocar. Les clients étaient sous le charme. Même moi je m'en étais rendu compte.

Quand nous sommes descendus de l'autocar pour visiter les ruines de la citadelle, maman a été de plus en plus en forme. Qu'elles concernent l'architecture, la peinture ou la nature, ses explications ne s'arrêtaient pas, mais elle ne donnait pas non plus l'impression de répéter des phrases qu'elle avait mémorisées, elle y mettait tout son cœur. Et elle avait de l'humour. Elle montra l'endroit où se trouvaient les toilettes, fixa l'heure du rassemblement, distribua avec adresse les tickets d'entrée. Avec son seul drapeau vert, elle pouvait rassembler autour d'elle un grand nombre de personnes.

Comme j'avais l'interdiction de parler pour pas qu'on sache que j'étais son fils, il fallait que je serre fortement les lèvres. Par inadvertance, j'avais failli lui crier "maman". J'avais les yeux écarquillés pour ne pas perdre de vue le drapeau vert. Je n'étais pas le seul. Tout un tas de gens inconnus faisaient cercle autour d'elle. Elle en était le centre, elle en était la tête.

Maman arborait dignement son drapeau. Ce drapeau crasseux qui avait une drôle d'odeur, dès qu'il ondulait dans le vent au-dessus de sa tête, devenait un signal de ralliement qui avait même une certaine majesté.

Je me souviens encore très bien des mots que maman a prononcés en premier dans l'autocar.

— Si vous avez un problème, n'hésitez pas à m'en parler. Je trouverai une solution.

Je me suis retourné vers les passagers et j'ai crié avec fierté en mon cœur :

"Maintenant, devant vos yeux, la dame qui trouve les solutions, c'est ma maman !"

Ce jour-là, il faisait un temps magnifique comme rarement même pendant la meilleure saison touristique. Il n'y avait pas un nuage, la pure lumière du soleil se déversait à flot, les neiges éternelles au sommet des montagnes étincelaient sur le bleu du ciel. C'était un dimanche idéal pour un match de baseball.

Quarante-neuf personnes s'étaient inscrites pour la visite de la région des lacs et la descente de la rivière. C'était tout juste pour le nombre de places de l'autocar à étage. C'est-à-dire qu'avec moi, ça faisait exactement le nombre. Maman était soulagée qu'il y ait une place en trop. Sur le parking du bureau de tourisme, je suis monté discrètement à bord, et pour ne pas me faire remarquer, je me suis assis en bas, juste derrière le siège du conducteur. Ce fut aussi une chance pour nous que le chauffeur soit quelqu'un de sympathique, qui avait déjà fermé les yeux une fois sur la transgression du règlement.

L'autocar a fait le tour des hôtels, pour prendre les clients. Et maman ayant vérifié que nous étions bien cinquante, nous avons traversé la ville pour partir en direction de la région des lacs.

La façon de travailler de maman était toujours la même. Il pouvait y avoir beaucoup de monde, le parcours pouvait être compliqué, ça ne changeait rien.

— Dans la matinée, nous allons voir trois lacs, et en chemin nous visiterons le musée de la préhistoire, la citadelle et les grottes de glace. Ensuite, nous embarquerons sur un bateau-mouche pour profiter de l'événement principal de la journée, trois heures de descente de la rivière. Pour le déjeuner sur le bateau, nous avons retenu des places sur le pont, là où la vue est la meilleure. Le bateau s'arrête à quatre points d'embarquement, aussi, faites attention à ne pas descendre avant le terminus. L'autocar qui nous aura devancé nous attendra là-bas. Ne vous inquiétez pas, je vous rappellerai le parcours précis le moment venu. Mais pendant que je parle, voici que nous arrivons en vue de la falaise qui s'élève sur votre gauche. Dans les strates de cet escarpement, on a trouvé un grand nombre de fossiles de la période glaciaire...

Maman faisait attention à ne pas croiser mon regard. Le rôle qui m'avait été attribué pour la journée consistait à ne créer d'ennuis à personne, à ne pas me faire remarquer, à me comporter comme si je n'étais pas là. En même temps, il fallait que je montre à maman que je me trouvais en réalité devant elle et pas dans mon lit environné de flammes.

Je n'avais rien à faire. J'étais fatigué de voir le musée, la citadelle et les grottes de glace, et je savais tout au sujet des fossiles de la falaise au point de pouvoir le réciter par cœur.

Etait assis à côté de moi un vieux gentleman monté à l'hôtel le plus luxueux de la ville. Grand et maigre, il avait une canne alors qu'il ne semblait pas avoir de mauvaises jambes. Le peu de cheveux blancs qui lui restait derrière les oreilles était bien lissé, il portait un blazer un peu formel pour un voyageur, et il était pieds nus dans des chaussures de cuir. Il ne portait que sa canne, n'avait ni appareil-photo ni guide, et je ne voyais personne non plus qui l'aurait accompagné.

— Toi aussi tu es tout seul ?

C'est lui qui m'a adressé la parole en premier quand maman a interrompu son discours. Il avait une voix imposante, en parfaite contradiction avec son grand corps efflanqué.

— Euh, eeh, non... ai-je bafouillé, ne sachant quoi répondre.

Mais l'homme n'avait pas l'air inquiet de savoir si j'étais seul ou non.

— D'où venez-vous ? ai-je questionné pour changer de sujet.

— ... De loin, tu sais.

Ne voulait-il pas le dire ou pensait-il que ce n'était pas la peine d'en parler à un enfant ? Cette fois-ci, c'est lui qui bafouillait.

Suivant les indications de maman, il tournait la tête à gauche et à droite pour regarder le paysage qui défilait derrière la vitre. D'une petite voix que j'étais le seul à entendre, il acquiesçait, en effet, ou laissait échapper des cris d'admiration, ooh.

— Voulez-vous que nous changions de place ? Vous verrez mieux côté fenêtre, lui ai-je proposé.

— Les enfants n'ont pas besoin de se sacrifier pour les adultes, tu sais, me dit-il l'air étonné.

— Il ne s'agit pas de ça. C'est simplement que je suis déjà venu ici et que je me souviens du paysage. C'est pour ça que cela ne me gêne pas du tout d'être du côté du couloir.

— Les plus jeunes ont le droit de regarder le monde de plus près... a écrit un ancien poète quelque part. J'accepte avec reconnaissance ta gentille intention.

Et comme il a incliné poliment la tête, ça m'a rendu encore plus nerveux. Quand le car est arrivé au premier lac, l'homme a replacé correctement le col de son blazer avant de se lever.

— Allez, mon garçon. On y va ?

J'avais l'intention de rester avec le chauffeur pour manger des sucreries, mais il n'en était plus question. J'ai mis ma casquette de baseball et pris mon sac à dos.

Maman ne cessait de compter et recompter. A l'entrée du musée, sur le quai du téléphérique, à la sortie des toilettes, dès qu'elle y pensait, l'index levé, elle murmurait les chiffres de un à cinquante. Il était d'autant plus difficile de se déplacer que les gens étaient nombreux, et nous étions semble-t-il toujours en retard sur l'horaire prévu. Quand elle avait fini de compter, elle consultait sa montre, inquiète pour l'heure du bateau qui descendait la rivière.

Mais cela, j'étais seul à le voir, et les clients, pleins de confiance en elle, appréciaient tranquillement l'excursion. La seule chose, c'était ce parapluie pliant qui lui tenait lieu de drapeau de ralliement. Qui aux yeux de tous avait l'air stupide. Elle le tenait à bout de bras, le tissu seul déployé, et elle avait beau se comporter parfaitement en tant que guide, elle ne pouvait rien aux motifs fleuris de mauvais goût ni à l'aspect déglingué du parapluie cassé. En plus, il faisait vraiment trop beau pour tenir un parapluie.

Etait-ce parce que nous étions seuls tous les deux, le vieil homme et moi ? Je n'avais pas l'intention de me déplacer avec lui, et pourtant, dans les salles du musée comme sur le belvédère de la citadelle, je me rendais compte soudain de sa présence à mes côtés. Aucun autre client ne visitait avec autant d'enthousiasme que lui. Même face aux choses peu intéressantes (par exemple un morceau de fossile d'ammonite, la statue en bronze d'un compositeur dont on n'avait jamais entendu parler, la réplique d'un tromblon, le diorama de chasseurs des temps anciens) devant lesquelles les gens passaient sans s'arrêter, il s'arrêtait, lui, et penchait son grand corps pour regarder partout. Et je l'ai vu plusieurs fois, alors qu'il y avait des écriteaux "Ne pas toucher s'il vous plaît", tendre le bras pour le faire en cachette. On aurait dit qu'il essayait de déchiffrer un code secret caché là.

— Qu'est-ce que tu penses de ça ? me demandait-il parfois.

Si ça avait été possible, j'aurais voulu lui montrer un moyen de décrypter le code, mais la seule chose que je pouvais dire, c'étaient des réponses idiotes du genre : "Eeh, c'est super", ou "C'est très joli". Et pourtant, il m'a posé plein de questions.

Son enthousiasme m'a rendu heureux. Parce qu'ainsi il me montrait à quel point le travail de maman était utile aux gens.

La seule chose, c'est qu'il était toujours en retard sur le groupe. Et pour ne pas non plus ennuyer maman, il fallait que je le presse discrètement en faisant attention à ce que le parapluie pliant ne disparaisse pas de mon champ de vision. Dans ces circonstances, petit à petit, j'ai fini par ne plus pouvoir m'éloigner de lui.

Au troisième lac, il y avait une demi-heure de temps libre, et nous nous sommes promenés ensemble au bord de l'eau. Au fur et à mesure que le soleil s'élevait, les rayons devenaient de plus en plus lumineux, tandis que le bleu du ciel s'intensifiait. En haut des arbres les petits oiseaux gazouillaient sans arrêt. Les fleurs blanches d'un acacia pendaient en grappes. Quand le vent soufflait, des vaguelettes se formaient à la surface du lac et les taches du soleil tamisé par les arbres oscillaient à nos pieds.

— C'est quoi votre travail ? lui ai-je demandé.

— Qu'est-ce que tu crois que c'est ? répliqua-t-il en tapotant le sol du bout de sa canne.

— Euh, eh bien…

J'ai réfléchi intensément.

— Savant. En regardant à travers le microscope, et en lisant d'épais livres en langues étrangères, vous étudiez des problèmes difficiles.

— Ooh. Pourquoi tu penses ça ?

— Parce que vous avez pris le temps de tout observer. Vous avez profité d'un colloque pour prendre un congé et voyager.

— Tu as une vision aiguë. Et qu'est-ce que tu vois comme autres possibilités ?

— ... Marchand de cannes, peut-être. Parce que vous en avez une extraordinaire. Alors, maintenant vous voyageriez pour vous approvisionner.

— Cette idée elle aussi est assez originale, a-t-il répondu avec un sourire joyeux, mais je ne suis ni un savant ni un marchand de cannes. Si j'ai toujours ça avec moi, c'est parce que j'en ai besoin comme arme pour me défendre n'importe où et n'importe quand contre les voleurs.

Il a brandi sa canne et il a fendu l'air avec deux ou trois fois. Des fleurs de l'acacia sont tombées en voltigeant.

— Vous avez vraiment attaqué des voleurs avec ça ?

— Non, malheureusement, la chance ne m'a pas encore souri de ce côté-là.

— C'est vrai. Les voleurs n'apparaissent pas comme ça à tout bout de champ, j'ai dit.

Les autres personnes du groupe faisaient des achats ou se prenaient en photo. Je voyais au loin la silhouette de maman assise sur un banc devant la boutique de souvenirs. Le clapotis de l'eau sur la rive du lac s'élevait sans cesse à nos pieds.

— Autrefois j'étais poète, a murmuré l'homme, quelqu'un qui écrit des poèmes. Des poèmes. Tu sais ce que c'est ?

J'ai acquiescé :

— On nous en fait réciter en cours de japonais.

— Oui, c'est ça.

— Mais maintenant vous ne l'êtes plus.

— Aah, c'est exact.

On entendait les cris de joie d'un couple qui faisait de la planche à voile. Une famille d'oiseaux aquatiques se reposait dans un creux de la rive. Entre les rangées d'arbres tapaient les chauds rayons du soleil. Sur le front de l'homme apparaissaient des gouttes de transpiration.

— Maintenant, mettant à profit mon expérience de poète, je fais de nouvelles affaires. Mon magasin est une "titrerie". C'est bizarre, hein ? Tout le monde le dit.

— Moi, je connais une chemiserie, j'ai déclaré, pour lui faire comprendre que ce n'était pas si bizarre que ça.

— Ooh, c'est vrai ?

Il s'est arrêté, m'a regardé. Et il a sorti un mouchoir de la poche de son blazer, pour essuyer la sueur de son front. Un mouchoir correctement repassé.

La planche du couple a glissé tout près de nous. La suite de montagnes qui se reflétait à la surface du lac s'est brouillée avant de réapparaître.

— Alors, qu'est-ce que vous vendez dans votre magasin ?

— Comme son nom l'indique, j'y vends des titres. La chemiserie, elle vend bien des chemises, hein ?

— Oui, euh, c'est ça.

— Un fait inoubliable qui s'est déroulé dans un passé lointain. Un souvenir douloureux. Un précieux secret que l'on ne dévoile à personne. Une expérience étrange qu'on ne peut pas expliquer raisonnablement. Il y a toutes sortes de choses, et mon travail, c'est de mettre un titre sur les souvenirs que m'apportent les clients.

— Seulement mettre un titre ? C'est tout ?

— Tu trouves que c'est pas suffisant ? Mais tu sais, le travail n'est pas aussi facile que tu l'imagines. Il faut d'abord tendre l'oreille au récit raconté par les gens, et même si ça n'est pas forcément intéressant, il faut tout accepter. Ça nécessite de la patience et de la largeur d'esprit. Après, il faut encore faire une analyse minutieuse qui conduit à un titre reliant intimement le demandeur à son souvenir.

— Je me demande pourquoi un titre est nécessaire.

— C'est un doute tout à fait pertinent.

Il a hoché la tête, admiratif. Nous étions adossés l'un à côté de l'autre au tronc de l'acacia.

— Un souvenir qui n'a pas de titre s'oublie facilement. Au contraire, un titre approprié permet aux gens de le conserver indéfiniment. Parce que tu sais, on peut lui assurer un endroit où le garder en son cœur. Même si on ne se le rappellera peut-être jamais plus de sa vie, il y a là un tiroir, et c'est rassurant de pouvoir y coller une étiquette.

— Hmm. Et n'importe qui peut aller dans votre magasin passer une commande ?

— Bien sûr que oui. Même s'il est préférable de prendre rendez-vous. Mais bah, les clients ne se bousculent pas. En revanche, il faut consacrer beaucoup de temps à chacun. Pour qu'ils puissent parler tout leur soûl, dans le magasin il y a un sofa luxueux. Tel qu'une fois assis dedans, on voudrait y rester tout le temps. Au début, quand ils arrivent, la plupart des clients sont désorientés. Ils ne sont pas certains de pouvoir vraiment avoir confiance dans la titrerie et ne savent pas par où commencer. Mais bientôt ils se rassurent, et même par bribes, ils commencent à raconter. C'est assez laborieux de les amener à cet état. Plus que de donner un titre, tu sais. Dès que le client ouvre la bouche, ça va. Je prends l'essentiel en note, je pose parfois une question, après je n'ai plus qu'à me concentrer pour réfléchir à un titre.

— Il y a un truc ?

— Ne pas enjoliver, ni faire de manières. C'est dans les mots ordinaires que se trouve la vérité.

— Ça, c'est l'expérience de quand vous étiez poète, hein ?

— Tu as vraiment la compréhension rapide. Ça m'aiderait d'avoir comme assistant un garçon aussi intelligent que toi.

Il a posé sa main sur ma tête. La blessure de ma chute à bicyclette me faisait encore un peu mal. L'odeur de l'acacia dans ma poitrine me faisait suffoquer.

— Bon alors... j'ai dit, si on y allait ?

Je voyais maman agiter son parapluie. Le fabricant de titres a repris sa canne.

L'embarcadère du bateau-mouche était encombré. Les autres groupes de touristes, les familles du pays, les troupes d'excursionnistes s'y bousculaient.

— Allez, montez vite. Et surtout, faites attention à ne pas descendre avant le terminus. Vous avez bien compris, n'est-ce pas ? criait maman, ballottée par les vagues humaines à l'entrée du bateau.

Le sifflet annonçant le départ résonna plusieurs fois.

Au moment où le calme revint enfin dans les places réservées sur le pont, le bateau s'était déjà éloigné de la rive et commençait à accélérer. Maman était très occupée à distribuer les menus du déjeuner et faire le tour des tables pour noter ce que les clients voulaient boire. Ils étaient tous détendus, et attendaient que la bonne cuisine leur soit servie.

— Dis-moi, me chuchota maman à l'oreille.

Pour ne pas me faire remarquer, je m'étais assis à une place le long des escaliers. J'étais ahuri, car jamais dans le passé elle n'était venue m'adresser la parole au cours d'une excursion.

— Il m'en manque un.

Au ton de sa voix j'ai compris qu'elle était énervée.

— Tu ne t'es pas trompée en les comptant ?

— Non, j'ai recompté plusieurs fois, ça fait toujours quarante-neuf. Il m'en manque un, je te dis.

— Il est peut-être en train d'errer sur le pont du dessous.

— J'ai fait deux fois le tour pour vérifier. En répétant à voix haute le nom du groupe. Je me demande bien quelle est la personne qui a raté l'embarquement.

Le fabricant de titres, j'en ai aussitôt eu l'intuition. Ça ne pouvait être que lui.

— C'est le monsieur qui était assis à côté de moi dans l'autocar. J'en suis sûr.

— C'est bien ce que je pensais... L'homme avec une canne, c'est ça ? Aah, qu'est-ce qu'on va faire. Je pensais pas qu'il y aurait autant de monde, tu sais. Enfin, c'est vrai, hein ? Je l'ai pris plus de cent fois, et d'habitude c'est calme. Mais aujourd'hui, j'ai pas pu checker correctement à l'embarquement. Laisser un client en rade est impardonnable. Je suis sûre qu'il est en colère et qu'il va téléphoner à l'agence. C'est fini. On va me retirer ma licence.

Très énervée, elle a cassé d'un coup sec une baleine du parapluie. La main sur ses côtes que ses névralgies font soi-disant souffrir, elle a fait la grimace, pleurant à moitié.

— Il faut te calmer, maman, ai-je commencé en posant ma main sur son épaule, si les autres clients s'aperçoivent qu'il se passe quelque chose d'anormal, ce sera encore pire. En plus, ce monsieur n'est pas du genre à se mettre en colère et se plaindre à quelqu'un. Je te le garantis. C'est pour ça que toi, le visage insouciant, tu vas faire comme si tout se déroulait comme prévu. Et tout va bien se passer.

Sur le pont, le repas de midi avait commencé. Le moteur du bateau ronronnait joyeusement.

— Je vais descendre au prochain embarcadère. De là, je rebrousserai chemin en taxi pour aller chercher le monsieur. Et si je le trouve, je le ramènerai en taxi au terminus où nous t'attendrons. Je pense que nous aurons le temps d'arriver avant le bateau. Nous pourrons monter dans l'autocar et continuer la visite de l'après-midi comme si de rien n'était, et les clients ne s'en apercevront même pas.

— Et si tu ne le trouves pas ?

La voix rauque de maman tremblait.

— Il se peut qu'il ait pris le bateau-mouche suivant, hein. Je demanderai à celui qui vend les billets. C'est pas souvent qu'il y a des gens avec une canne, je suis sûr qu'il s'en souviendra. Dans ce cas, je resterai au terminus pour le réceptionner à la descente du bateau. Après, encore en taxi, on rattrapera l'autocar. Qu'en dis-tu ? C'est parfait, hein ?

Maman a soupiré et s'est forcée à sourire. Puis elle a sorti tous les billets qu'elle avait dans son porte-monnaie et me les a fourrés dans la main.

— Je compte sur toi. S'il te plaît.

Je l'ai tout de suite trouvé. Assis sur un banc à côté du guichet de vente des billets, il regardait la rivière.

— Tiens, toi aussi on t'a laissé tomber ?
— Je suis venu vous chercher.

Comme prévu, il n'était pas en colère. Il n'était pas énervé, il n'était pas non plus perdu dans ses réflexions, à chercher comment faire pour s'en sortir. Il paraissait simplement là parce qu'il avait envie de regarder la rivière.

— Exprès, moi tout seul ?
— Eeh, c'est ça, j'ai répondu avec force. En réalité, vous deviez descendre la rivière en bateau, mais à cause de circonstances imprévues, nous allons suivre la rivière en voiture jusqu'au terminus du bateau. Excusez-moi.
— Mais pourquoi tu t'excuses ?
— Parce que je suis le remplaçant de la guide.
— Ooh, ça c'est un rôle important. Bon, alors il faut que je fasse attention à ne pas lambiner pour ne pas devenir une gêne pour toi.
— Non. Vous pouvez profiter tranquillement de votre voyage. Ce n'est pas de votre faute si vous avez raté le bateau.

— Je vais faire en sorte de te suivre et de ne pas m'éloigner.

— Si vous avez un problème, n'hésitez pas à m'en parler. Je trouverai une solution, je lui ai dit.

A un stand nous avons acheté un hot-dog et une boisson, et nous nous sommes mis à manger aussitôt après avoir pris le taxi. J'ai expliqué la situation au chauffeur et je lui ai demandé de rouler vite. Je me suis rendu compte que j'avais faim seulement après avoir avalé ma première bouchée de saucisse. La mi-journée était déjà passée depuis un certain temps.

— Sur le bateau-mouche était préparé un menu de poissons de rivière... Ah, bien sûr, on vous remboursera la totalité du prix de l'excursion d'aujourd'hui, bateau et repas compris.

— Bah, arrêtons l'un comme l'autre de nous préoccuper de choses sans importance. J'aime pas trop le poisson de rivière. En plus, c'est pas la peine de prendre le bateau pour bien voir la rivière. D'ici, on peut même sentir l'eau.

Chaque fois qu'il mordait dans son hot-dog, l'homme appuyait la serviette en papier sur ses lèvres.

La rive était couverte de fleurs sauvages, et la route suivait tout près, parallèle à la piste cyclable. Par la vitre ouverte entrait le vent qui venait de la rivière. L'eau était abondante, le courant était calme. Heureusement, il n'y avait pas beaucoup de circulation. Le chauffeur du taxi fredonnait, peut-être était-il de bonne humeur parce qu'il avait décroché une longue course.

— Regardez là-bas, devant sur votre droite.

Je lui ai montré la direction avec mon gobelet en carton plein de jus d'orange.

— Il y a une montagne rocheuse pleine d'aspérités où ne poussent pas beaucoup d'arbres, n'est-ce pas ? C'est un ancien lieu d'extraction de plâtre. C'est là qu'on a exhumé la statue de pierre d'une déesse vieille de trente-cinq mille ans. Les mineurs l'ont trouvée par hasard. La statue est exposée au musée de la préhistoire, vous l'avez vue ?

— Aah, mais bien sûr.

Il a acquiescé amplement.

— Après cette montagne rocheuse, il y a des collines qui ondulent pendant un certain temps. Là, et là-bas également, les pentes sont presque toutes couvertes de vergers. Pêches, nèfles et abricots. C'est bien exposé au soleil, une humidité idéale monte de la rivière, et ça donne de bonnes récoltes. Les bâtiments aux toits noirs que vous apercevez ici ou là sont des brasseries où l'on fabrique les alcools de fruits.

Avant que n'arrive le point suivant nécessitant des explications, je me suis dépêché de terminer mon jus d'orange.

Comme lorsqu'il écoutait maman, le vieil homme regardait intensément en direction de tous les endroits que je lui indiquais. Et il ne les quittait pas des yeux jusqu'à ce qu'ils disparaissent du champ de vision qui s'ouvrait à lui à travers la vitre.

— Ah, là-bas. Les ruines qui se dressent comme si elles étaient accrochées à la falaise. Jusqu'à il y a cent ans, c'était une prison considérée avec crainte comme l'endroit le plus proche de la mort en ce monde. La salle des tortures et la potence sont restées comme à cette époque-là, et pendant un temps, il était possible de les visiter, mais ça a été fermé parce que c'était trop cruel. Autrefois, un bûcheron, jeté en prison pour le crime d'un rival en amour dont il était innocent, versait des larmes toutes les nuits au souvenir de son amante, et bientôt, ses larmes recevant le clair de lune sont devenues des cailloux couleur de lait qui ont rempli le lit de la rivière. Après l'exécution du bûcheron, il paraît que son amante, en apprenant la vérité, s'est jetée dans la rivière les mains pleines de ces petits cailloux. Aujourd'hui encore, sur le lit de la rivière là-bas, on trouve pas mal de ces petits galets blancs.

— C'est une légende impressionnante, a fait remarquer le vieil homme.

— Ooh…

Le chauffeur de taxi hochait la tête à son tour.

— Tu m'en apprends des choses, dis donc.

Et il m'a fait un clin d'œil dans le rétroviseur. Pour calmer ma gorge irritée d'avoir trop parlé, et aussi pour ne pas laisser deviner mon sentiment de triomphe sur mon visage, j'ai toussoté. J'ai regretté de ne pas avoir acheté plus de boissons.

— Mais comment ça se fait que tu connaisses autant de choses ? me demanda le vieil homme en balayant les miettes de pain tombées sur son pantalon.

— Je l'ai appris au cours de sociologie et en jetant un coup d'œil aux guides que maman étudie.

— Alors c'est bien ça, la guide, c'est ta mère, hein.

— Comment vous le savez ?

— Avec un visage aussi ressemblant, n'importe qui peut le voir.

J'étais désarçonné que toutes les précautions que j'avais prises pour garder le secret n'aient servi à rien. Mais maintenant, tout cela m'était bien égal.

Nous avons croisé plusieurs camping-cars. Sur la piste cyclable, les roues des bicyclettes étincelaient au soleil. Sur le lit de la rivière, des gens étaient réunis autour d'un barbecue, faisaient sécher au soleil leurs vêtements mouillés d'avoir joué dans l'eau, faisaient la sieste.

J'ai présenté la flore de la région, et tout en donnant des explications sur les endroits célèbres (la tour de guet, les stupas des ancêtres, le parc zoologique etc.), j'ai inséré dans mon discours un aperçu historique à partir de l'âge de pierre. Je parlais avec une facilité déconcertante. Mais malgré tout, quand je ne savais pas très bien, pour ne pas dire de bêtises je choisissais mes mots avec soin.

Mais je dois avouer franchement que je crois que je n'ai pas cessé d'être nerveux. Inconsciemment, j'ai fourré plusieurs fois mes mains dans mes poches pour vérifier si je n'avais pas perdu l'argent que maman m'avait confié. J'avais beau me persuader que ça allait, je ne pouvais pas m'empêcher de le faire.

Même si elle était parfois interrompue par les bois, la rivière coulait toujours sur notre droite. Nous n'avions pas encore rattrapé le bateau-mouche où se trouvait maman.

Quand il y avait du temps avant le point d'explication suivant, je gardais le silence, afin que l'homme puisse contempler tranquillement le paysage. Maman m'avait dit une fois que si on parlait tout le temps, ça fatiguait les clients. L'homme, les doigts sur le rebord de la vitre, avait l'air de trouver agréable de sentir le vent. Le chauffeur du taxi avait recommencé à fredonner. A nos pieds, la canne était sagement allongée.

Pourtant, le silence se prolongeant, je l'ai interrogé au sujet de la titrerie.

— De quelle façon donnez-vous le titre au client ?

— Avec la bouche, bien sûr, il a répondu en enlevant la main de la vitre avant de s'appuyer au dossier.

— Sans l'écrire sur un papier, ni l'encadrer ?

— Aah. C'est un titre qui est dédié à un souvenir personnel. C'est pas la peine de faire ça pour s'en souvenir. Je le prononce distinctement et avec précaution au creux de l'oreille du client. Ça suffit amplement, tu sais.

— Et s'il y a des gens qui ne sont pas satisfaits du titre que vous leur avez donné ?

— Heureusement, je n'ai encore jamais eu de réclamations. Je suis un titreur plutôt excellent.

Il a arrangé ses cheveux dispersés par le vent.

— Pourquoi avez-vous arrêté d'être poète ?

Ne sachant quoi répondre, il gardait la tête baissée, la main sur le menton. Je ne savais pas trop s'il était blessé par cette question indiscrète ou s'il cherchait des mots qu'un enfant pouvait comprendre. Au moment où j'allais m'excuser d'avoir posé une question idiote, il a enfin ouvert la bouche.

— Il y a beaucoup de gens qui n'ont pas de poèmes, mais il n'y a personne qui n'ait pas de souvenirs.

Il m'a regardé droit dans les yeux comme s'il attendait mon approbation. A le voir de si près, je me rendais compte qu'il faisait plus vieux qu'on pouvait le penser au premier regard. Ses rides étaient creusées, ses lèvres fendillées, sa respiration superficielle. Au fond de ses bronches, on entendait un bruit désagréable comme un grincement d'os. Mais oui, au moment d'embarquer sur le bateau-mouche, j'aurais dû me tenir à ses côtés et lui prêter main-forte.

— Tu ne crois pas ?
— Si, je comprends, ai-je répondu pour ne pas le décevoir, ou plutôt pour essayer de me faire pardonner.
— Ah, il a crié soudain.
C'était le bateau-mouche. Je n'arrivais pas à distinguer maman parmi les silhouettes qui se trouvaient sur le pont, mais il n'y avait aucun doute, c'était bien le bateau à bord duquel nous aurions dû nous trouver. Le sillage blanc de l'hélice avait une forme aérodynamique.
— Tant mieux... On va pouvoir le devancer.
— Laisse-moi faire, ça va aller.
Le chauffeur, qui m'avait entendu murmurer, venait de me faire signe dans le rétroviseur.
— Oh là, j'ai failli oublier. La construction en bois qu'on aperçoit là-devant. C'est le dernier endroit célèbre de la descente de la rivière, un magasin d'armes construit au seizième siècle. Pourquoi dans un tel endroit un magasin d'armes était-il nécessaire ? La raison est en relation avec l'art de la guerre et la répartition des forces à cette époque. C'est-à-dire...
Pendant que j'étais en train de faire le guide, le bateau-mouche s'éloignait derrière nous.

A sept heures du soir, la visite de la région des lacs et la descente de la rivière s'étant déroulée comme prévu, tout le monde s'égaya sur le parking du bureau de tourisme.

— Je voudrais absolument te remercier, me dit l'homme au moment de nous séparer.

— Il n'en est pas question. Je n'ai rien fait.

— Si. Grâce à toi, j'ai fait un voyage inoubliable. C'est pour ça que je veux te montrer ma reconnaissance. C'est tout.

Son profil au couchant était à moitié plongé dans l'ombre.

— Une balle de base-ball, un livre, des gâteaux, ça m'arrangerait si tu me disais ce qui te ferait plaisir. Je m'en occuperais et je le déposerais ici au bureau demain avant de partir.

— Vous repartez demain ?

— C'est dommage, mais je ne peux pas m'attarder. J'ai des réservations.

— Ah bon ?... Euh... maintenant, je n'ai envie de rien en particulier. Mais il y a une chose que je voudrais vous demander...

Et j'ai continué, après avoir pris mon temps pour réfléchir :

— J'aimerais que vous donniez un titre à la journée d'aujourd'hui.

L'homme a acquiescé en silence, et il a fixé un point du ciel cerné par les ténèbres de la nuit. Sans ciller, sans laisser échapper sa voix, même son souffle n'arrivait pas jusqu'à moi. Pour ne pas le déranger dans son travail, je suis resté immobile.

Bientôt, il a frappé le sol du bout de sa canne. C'était le signal. Il a penché son grand corps, s'est approché du creux de mon oreille, a dit d'une voix qui est allée frapper directement mon tympan :

— "Il n'y a personne qui n'ait pas de souvenirs."

J'ai tout de suite su que c'était le titre. Mon titre pour graver cette journée-là dans ma mémoire.

Le lendemain après la classe, je suis passé à la chemiserie. Comme d'habitude, Tatie faisait des chemises. Sur le coussin accroché à son poignet elle prenait des épingles pour fixer des cols, des poches ou des poignets.

— Tiens, c'est pour toi.

J'ai posé la pièce sur un coin de sa table de travail.

— Le prix du tramway que tu m'as prêté l'autre jour. Merci.

— Aah...

D'un geste brusque, elle a glissé la pièce dans la poche de son tablier.

— Après, je voudrais te demander ton avis sur quelque chose.

— Quoi donc ?

Elle s'est gratté la tempe avec son dé à coudre, son mètre à ruban se balançant autour du cou. Ça n'avait pas l'air de beaucoup l'intéresser, mais j'ai continué quand même.

— Je suis désolé, c'est pas une chemise, mais tu voudrais pas fabriquer un drapeau ? Je t'apporterai un manche en bambou. Il suffirait d'y coudre un morceau de tissu à peu près de cette grandeur. Bien sûr, je te paierai. Tiens, tu vois. Mais peut-être que tu ne prends pas de commandes en dehors des chemises ?

J'avais sorti l'argent de ma poche de pantalon.

— C'est quoi cet argent ?

— Il n'est pas frauduleux. C'est maman qui me l'a donné. Elle m'a dit que je l'avais bien gagné. Tu la connais, hein.

— Eeh.

Elle le regardait tellement fixement que ça m'a un peu inquiété.

— Ça ne suffit pas ?

— Si.

Elle a enfin relevé la tête.

— Il t'en restera encore pas mal, tu sais. Mais dis-moi, c'est pour quoi ce drapeau ?

— Pour que maman rassemble ses clients.

— Ah je vois. D'accord. Tu veux quoi comme tissu ?

— Hmm, merci.

Debout devant les rayons, j'ai cherché un tissu qui convienne pour que maman puisse l'agiter au-dessus de sa tête afin de ne pas perdre ses clients.

TABLE

La mer	9
Voyage à Vienne	31
Le bureau de dactylographie japonaise *Butterfly*	51
Le crochet argenté	77
Boîtes de pastilles	83
Le camion de poussins	87
La guide	111

OUVRAGE RÉALISÉ
PAR L'ATELIER GRAPHIQUE ACTES SUD
ACHEVÉ D'IMPRIMER
EN FÉVRIER 2009
PAR L'IMPRIMERIE FLOCH
A MAYENNE
POUR LE COMPTE DES ÉDITIONS
ACTES SUD
LE MÉJAN
PLACE NINA-BERBEROVA
13200 ARLES

DÉPÔT LÉGAL
1re ÉDITION : MARS 2009
N° impr. : 73121
(Imprimé en France)